복을 읽어드리겠습니다

복을 읽어드리겠습니다

초판 1쇄 인쇄 2021년 11월 18일
초판 1쇄 발행 2021년 11월 25일

지은이 유광수
펴낸이 김선식

경영총괄 김은영
편집인 박경순
책임마케터 이고은
유영편집팀 문해림
마케팅본부장 이주화 **마케팅2팀** 권장규, 이고은, 김지우
미디어홍보본부장 정명찬
홍보팀 안지혜, 김민정, 이소영, 김은지, 박재연, 오수미, 이예주
뉴미디어팀 허지호, 임유나, 송희진
리드카펫팀 김선욱, 염아라, 김혜원, 이수인, 석찬미, 백지은
저작권팀 한승빈, 김재원
경영관리본부 하미선, 박상민, 윤이경, 이소희, 이우철, 김재경, 최완규,
　　　　　　　이지우, 김혜진, 오지영, 김소영
외부 스태프 교정교열 공순례 **디자인** 강경신

펴낸곳 다산북스 **출판등록** 2005년 12월 23일 제313-2005-00277호
주소 경기도 파주시 회동길 490
전화번호 02-704-1724
이메일 kspark@dasanimprint.com
홈페이지 www.dasan.group
종이 IPP **인쇄·제본** 한영문화사 **코팅·후가공** 평창피앤지
ISBN 979-11-306-7817-7 03810

복을 읽어드리겠습니다

유광수의 고전 살롱

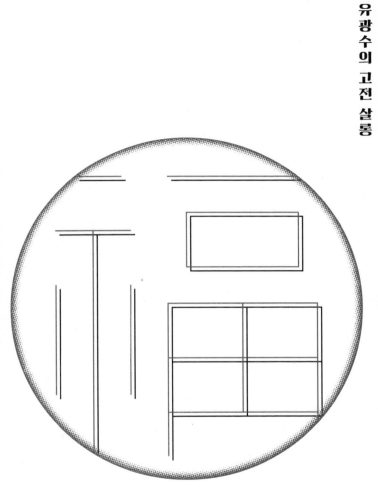

유광수 지음

유영

호모 쫄보스,
이야기로 세상을 바꾸다

떠버리와
쫑긋이

아주 먼 옛날.

사람들이 많이 살았다. 지금과는 아주 다른 스타일의 사람들이 아주 많이.

떼를 지어 사냥도 하고 나무 열매도 따다 먹었다. 주변에 먹을 것이 없으면 다른 지역으로 옮겨 가기도 했다. 추위도 그랬고 더위도 그랬다.

"저쪽에 가면 무시무시한 괴물이 있어."

사냥하러 가서 본 건지 바나나를 따다가 본 건지는 몰라도, 암튼 누군가가 이런 얘기를 했다.

"그 너머 바위에는 가지 마. 미끄러지면 떨어져."

대충 이런 말들을 삼삼오오 끼리끼리 모여 두런두런 속삭였다.

이런 말 때문에 사람들이 셋으로 나뉘었다.

듣고 고개를 끄덕이며 무서워하는 사람.

듣고 콧방귀를 뀌는 사람.

아예 듣지도 못한 사람.

가지 말라던 저쪽으로 콧방귀를 뀌며 무시하고 간 사람들은 괴물에 잡아 먹혔다. 사자인지 호랑이인지 몰라도 암튼 무서운 괴물에게. 어쩌면 거대한 구렁이 아나콘다였을지도 모른다.

아예 듣지 못한 사람들은 쓸데없이 바위 위에 올라가 뽐내다가 미끄러져 추락해버렸다. 살았는지 죽었는지 모르지만 다시 돌아오지 못했다는 것만은 확실하다.

말을 듣고 고개를 끄덕이며 무서워하던 사람들만 살아남았다. 저쪽엔 얼씬도 하지 않고 그 너머는 쳐다보지도 않았으니까.

시간이 흘렀다.

사람들은 여전히 말이 많았다. 끼리끼리 삼삼오오, 두런두런 속닥속닥.

종종 콧방귀 뀌는 사람들이 태어나기도 했고, 때론 아예 듣기 싫어하는 사람들도 태어났다. 돌연변이라던가, 뭐 그런 이유로 말이다. 많지는 않지만 종종 간혹.

그리고 그 사람들은 또 저쪽으로 가고 그 바위 너머로 갔다.

역시 돌아오지 못했다.

새싹이 자라고 꽃이 피고 열매가 맺고 낙엽이 졌다.

우연이었다. 어느 떠버리 눈에 꽃이 피고 열매가 맺히는 일이 보인 것이.

떠버리는 떠벌였다. 떠벌떠벌 여기저기. 사람들은 귀를 쫑긋하고 들었다. 콧방귀 뀌는 사람도 없고 아예 듣기 싫어하는 사람도 없었다. 다들 끄덕이며 잘도 들었다.

그리고 이리저리 떠돌던 것을 잠시 멈췄다.

처음엔 달이 한 번 바뀌는 동안만 머물 생각이었는데 땅에 던져놓은 이삭에 열매가 맺히는 것을 보자 맘이 바뀌었다.

한 달이 1년이 되고 1년이 10년이 되자 그냥 거기 머물렀다.

따스했다가 더워졌고 선선하다가 추워졌다.

떠버리는 여전히 떠벌떠벌, 사람들 귀는 늘 쫑긋쫑긋.

이젠 저쪽에 괴물이 살지 않아도 여전히 계속 떠벌떠벌.

혹시 있어도 여럿이 가면 그 괴물을 찜 쪄 먹을 수도 있건만, 여전히 늘 쫑긋쫑긋.

이렇게 세상엔 떠버리와 쫑긋이만 살게 됐단다. 진짜로 이렇게 됐다.

아주 먼 옛날 아주아주 많은 사람이 살았다.

그중 우리 선조 호모 사피엔스(Homo sapiens)만 살아남았다. 다 '쫄보 유전자' 덕분이다. 누가 이야기하면 조마조마 주억거리며 주변을 살피고, 두런두런 속닥속닥 이야기를 전하고 퍼뜨렸으니까.

콧방귀를 뀌며 무시하던 '무모한 유전자'나 남 말은 귓등으로도 안 듣는 '벽창호 유전자'들이 짐승에 잡아먹히고 절벽에서 떨어지고 홍수에 휩쓸릴 때도, 우리 '쫄보 유전자'들은 살아남았다.

힘이 좀 약해도 뜀박질이 좀 느려도 우린 살아남았다. 우린 떠버리 쫑긋이니까.

호모 사피엔스. 생각하는 인간.

말하고 듣고 생각하는 본능이 우릴 살렸다.

쫄보들의
풍선

쫄보들은 생각이 많다. 걱정도 많다. 근심이 많아 있지도 않은 걸

잘도 만들어낸다. 또 그걸 철석같이 믿는다.

저쪽에 살던 괴물은 시끄러운 인간들 때문에 멀리 가버렸지만, 쫄보들은 다시 온다고 꽉 믿는다. 더 무시무시해져서, 다른 괴물들까지 죄다 이끌고 다시 온다고.

그 너머 있던 미끄러운 바위는 깨뜨려버릴 수도 있지만, 쫄보들은 그걸 신령님으로 믿는다. 다시는 절벽 아래로 떨어뜨리지 말아달라고. 비나이다 비나이다, 손이 닳고 발이 닳을 때까지 쉬지 않고 계속.

쫄보들에게 밝고 환한 전망이란 건 없다. 싹 다 어둡고 암울하고 무섭고 괴로운 미래만 있다. 늘 두근두근 조마조마하다.

미리미리 생각해서 있지도 않은 걱정을 앞당겨 하는 걸로 버텨온 이들은 늘 미래를 불안으로 색칠한다. 쫄보 유전자의 본능이다.

인간을 생각하는 존재라며 '호모 사피엔스'라고 이름 지었는데, 좀 잘못됐다. '호모 암울스'나 '호모 두근스'가 맞다.

정확하게는 '호모 쫄보스'다.

생각은 쫄보니까 한 거다. 생각해서 쫄보가 된 게 아니고.

인간들이 희극보다 비극에 더 끌리는 이유도 간단하다. 호모 쫄보스라서 그렇다.

어둡고 비관적인 전망을 커튼처럼 드리워놓고 사는데도 이상하리만치 우리 삶은 계속 나아졌다. 불안한 쫄보의 생각이 상상력이라는 바람을 훅 불어댔기 때문이다.

괴물을 봤기에 말하던 것을 부러진 나뭇가지만 보고도 이야기해댔다. 괴물이 떼로 몰려다닌다고, 그래서 나뭇가지가 부러진 거라고. 이야기가 부풀려져도 들을 사람은 많았다. 아니, 모두 다 잘들었다. 두근두근 조마조마하면서.

듣고는 저쪽에 담벼락도 쌓고 창도 만들고 방패도 만들었다. 두근두근 조마조마하니까.

상상력은 별별 희한한 것들을 지어냈고 사람들은 두려움에 온갖 것을 뚝딱뚝딱 만들어냈다. 생각 속에서만이 아니라 현실에서.

아무리 기다려도 괴물은 쳐들어오지 않았다. 가끔 오는 건 노루나 사슴이었지만, 점점 커진 상상력은 더 크고 기괴한 괴물을 지어냈다.

풍선이라는 인간 세상에 상상력의 바람이 빵빵하게 불어오자 신기한 일이 벌어졌다.

풍선이 빵빵해지자, 터지면 어쩌나 조마조마하면서도 "와!" 환호했다. 호미도 생기고 두꺼운 솜옷도 만들어졌으니까. 이젠 덜굶주리고 덜 추워졌다.

조마조마가 아슬아슬 스릴이 됐다.

그대로 두는 것보다는 풍선을 훅 불어 키우는 것이 더 재미있고 더 즐거웠다.

풍선에 불어넣은 상상 속 이야기들은 진짜면서도 가짜고, 가짜지만 진짜였다. 아예 없는 걸 불어넣은 건 아니니까.

부푼 풍선 위에서 인간들이 살았다. 상상력의 바람이 부풀려낸 거짓이자 진실이라는 거대한 풍선, 그걸 우린 문명(civilization)이라고 부른다.

풍선은 어디로 튈지 모르고 또 언제 터질지도 모른다. 물론 안 터질 수도 있지만. 너무 물렁물렁한 풍선은 사람들이 별로 좋아하지 않았다. 터질 듯 빵빵한 풍선, 아슬아슬 조마조마한 그것을 좋아했다.

아슬아슬하게 아찔하게. 두근두근 조마조마.

신용카드(credit card)는 내일의 돈을 당겨 오늘 쓰게 하는 마법 카드다. '신용(credit)'이라는 마술이 그걸 가능케 했다. 남들이 만든 짜장면, 피자, 통닭을 문 앞에서 받고는 카드로 쓱 긋는 마법의 주문을 외운다. 다음 달 월급 나오면 갚을 거라는 '신용'이란 주문이 먹혀들어 배달원은 흔쾌한 얼굴로 돈도 안 받고 그냥 돌아간다.

만약, 회사가 망해서 월급이 들어오지 않으면? 카드값을 못 갚으면?

터진다. 풍선이. 빵!

우리는 거짓이지만 진실인 허황된 풍선 위에서 살고 있다. 우리 모두 그 환상의 마법에 빠져 살고 있다. 자본주의라는 거대한 문명의 풍선을 바라보며 조마조마 살고 있다. 불안과 쾌감이 짜릿하고도 아슬아슬하게 교차하는 세상에서 살고 있다.

종종 문명의 풍선을 송곳으로 푹 찔러 터뜨리려는 자들이 나타난다.

하지만 사람들은 그들을 싫어한다.

'이 멋진 드레스를 다 벗어버리고 다시 털가죽을 입으라고?'

'디저트로 블루베리 수플레와 레드벨벳 크림치즈를 먹으려고 했는데 무슨 소리야!'

그래서 그들을 쫓아버린다.

조금 먼 옛날 그리스에서는 도자기 파편에 그들 이름을 적어 마을에서 쫓아버렸고, 약간 가까운 옛날에는 따로 격리했다. 감옥, 병원, 뭐 그런 곳에.

그런데 인간은 쫄보긴 해도 바보가 아니다.

풍선을 미친 듯이 불면 안 된다는 것을 안다. 조마조마할 때까지만 불어야 한다는 걸 본능으로 안다. 누가 쫄보 아니랄까 봐.

이야기의 상상력을 어느 선에서는 멈춘다. 화성에 사는 문어 외

계인과 태평양 한가운데 사는 오징어 괴물 간에 있을 수 없는 사랑 이야기 따위는 만들어내지 않는다. 관심도 없고 재미도 없고 무엇보다 징그럽다.

사람들은 바보가 아니다.

간혹 무모한 바보들이 나와 폭주하기도 했다. 아주 멀게는 미치광이 정복자, 가깝게는 히틀러 같은 정신병자가 그렇다.

적당히 멈출 줄 모르고 마구 훅훅 불어댄 끝은 파멸이다. 사람들은 이런 교훈을 잊지 않는다. 아니, 잊히지 않는다. 꼭 기억한다.

사람들은 쫄보지 바보가 아니니까.

공기가 된 바람,
그 영원한 이야기

말도 많고 탈도 많다. 말이 많으니 탈이 많은 법이다.

그런데 그 많은 말은 다 어디로 갔을까?

어라, 정말. 빵빵하게 부푼 풍선도 시간이 지나면 바람이 빠져 쭈글쭈글해진다. 조금씩 바람이 새버린 거다.

그냥 그대로 계속 두면 풍선이 점점 작아지지만 아주 짜그라지지는 않는다. 그렇게 크지는 않지만 절대 터지지는 않을 정도로 줄어든다. 만지면 말랑말랑 포슬포슬하게 적당히.

그 많은 바람이 다 사라져도 끝까지 남은 바람이 있다. 이제 불지는 않으니 바람이 아니라 공기일 뿐인가.

공기가 된 바람은 끝내 남아서 풍선을 지탱한다. 말랑말랑 포슬포슬 적당하게.

이야기라고 다 이야기가 아니다. 지금은 거들먹거리지만 곧 사라져버릴 것도 있고, 세차게 불었지만 언제 그랬냐는 듯 존재감을 잃어버린 것도 있다.

하지만 남는 것도 있다.

끝까지 남은 바람. 마지막까지 버티고 사라지지 않는 공기 같은 이야기. 우린 그걸 '고전'이라고 부른다. 그 바람(wind)은 바람(wish)을 담고 있다.

사라지지 않고 남은 이유는 그 이야기 속에 진짜 삶의 모습이 있기 때문이다. 아주 먼 옛날부터 조금 가까운 옛날까지 사람들이 듣고는 마지막까지 붙잡고 있었기에 사라지지 않았다.

공기가 된 진실한 바람 이야기.

거기에 우리 모습이 있고 지혜와 혜안이 담겨 있다. 그것이 우리 삶을 말랑말랑하게 포슬포슬하게 만든다.

고전은 인간의 이야기고 삶의 이야기다. 거기에는 인간의 바람이 담겨 있다.

　잘 먹고 잘 살고 싶다는 바람,

　복 받고 싶어 하는 우리 마음,

　모두가 담겨 있다.

　돈이 많으면 세상살이가 편하다. 입도 편하고 몸도 편하다. 하지만 복이 없으면 아무 소용 없다. 입에 들어가는 산해진미가 모래처럼 깔끄럽다. 아무리 편한 잠자리도 가시가 돋힌 듯 한없이 불편하다. 복이 없으면 쓸데없는 바람에 붕 뜨기만 한다. 미친 듯이 뛰어다니기만 한다. 곧 사라질 헛된 바람에 아까운 시간을 날려버리고 삶도 행복도 떠나보낸다.

　복을 알아야 잘 먹고 잘 살 텐데, 그걸 모른다.

　복을 알아야 삶도 행복도 떠나지 않을 텐데, 그걸 도무지 모른다.

　복을 일러드리겠다.

　헛된 바람들로 가득 채운 가시나무에 아파하지 말고, 따스하고 포근한 공기가 된 바람에 미소 지으시라.

　복 받으시라. 행복하시라.

　이제 복을 읽어드리겠다.

차례

행운의 여신은 뒷머리가 없다

1관

─ 사소함이 전부다 ─

〈복돼지와 김진사〉

福

복에는 중요한 비밀이 하나 있다.
복을 '복'이라고 볼 때만 '복'이 된다.
복이라고 여기는 눈으로 볼 때에야 비로소 복이 되고 업이 된다.

행운의 여신과
복돼지

같은 도로를 달려도 잘 빠지는 차선이 있고 막히는 차선이 있다. 그런데 무슨 조화인지 난 늘 막히는 쪽이다. 어렵사리 잘 빠지는 쪽으로 옮겨 가면 다시 거기가 막힌다. 이걸 머피의 법칙(Murphy's law)이라 하던가. 암튼 이 고얀 놈이 왜 나만 따라다니는지 모르겠다. 행운이란 놈은 남들만 따라다니고.

난 꼬이는데 남들은 술술 잘도 풀린다. 엉겁결에 투자한 주식이 대박 나고, 우연히 들어간 식당이 맛집인 식이다. 심지어 깜짝 이벤트에도 당첨된다. 행운이란 놈이 나 빼고 남들만 쫓아다니는 것이 분명하다.

서양에서는 행운을 여인이라고 생각했다. 그것도 근사하게 아름다운 여신이란다. 하긴 그럴 만도 한 것이 행운이 오면 황홀해지니 말이다. 그런데 이 여신 취향이 조금 독특하셔서 누드로 돌아다니신단다. 그 모습으로 여기저기 사람들 사이를 쉬지 않고 다니는데, 정말 특이한 것은 치렁치렁 풍성한 머리가 앞에만 있단다. 뒷머리는 없고.

응?

행운이란 부여잡을 옷깃 같은 건 애초부터 없는 누드 여신이니 그녀를 잡을 유일한 방법은 머리채를 움켜쥐는 것이다. 그런데 처녀귀신처럼 머리카락을 앞으로만 드리우고 다니니 그마저 쉽지 않다.

느낌이 오는가?

늘 우리 곁을 지나치는 여신을 잡으려면 앞머리를 움켜쥐어야 한다. 이미 지나간 뒤에는 소용없다. 늘어질 치맛단이나 바짓가랑이도 없고 뒷머리도 없다. 매끈매끈 쏙 빠져나가니, 우린 지나고 나서야 한숨을 쉰다.

'아, 그게 행운이었어….'

성공한 사람들은 저마다 한 번씩은 이 기막힌 여신을 만났단다. 정확하게 앞에서 그녀를 꽉 잡았단다. 실패한 사람들이 어쩌니저쩌니 한참 늘어놓는 사설들은 다 그녀를 놓친 헛헛한 마음에 부풀린 제 잘난 무용담에 지나지 않는다.

행운은 앞에서 잡아야 한다. 못 잡은 뒷말은 아무리 멋져도 구질구질할 뿐이다.

행운을 서양에서는 '여신'이라고 부를 때 우리는 '업'이라고 불렀다. 집안에 깃들어 복을 주는 상서로운 귀신이나 동물 같은 것 말이다. 그래서 툇마루 밑에 사는 커다란 구렁이를 절대 해코지하지 않았다. '업구렁이'이니까.

연세 많이 드신 할머님들이 손자 손녀를 '업둥이'라고 부르는 것도 거기서 연유한다. 업고 다녀 업둥이가 아니라, '업'인 아이여서 업둥이인 거다. 손자 손녀가 복덩이란 말씀이다. 이렇게 업이면 다 좋지만 그래도 역시 최고는 돼지다. 꿈도 돼지꿈이 최고라고 하듯, 업도 돼지가 최고다. 업돼지가 바로 복돼지다.

누구나 복 받고 싶어 한다. 여신이든 돼지든, 아무튼 한번 만나봤으면 좋겠다. 꿈에서라도 말이다. 그래 그런지 돼지꿈 꾸려고 온종일 돼지 그림만 봤다는 우스갯소리도 있다. 물론 온종일 그림 보느라 피곤해 꿈도 안 꾸고 푹 잤다고 한다. 그 간절함이면 분명 복돼지 한 마리 키울 수 있을지 모르겠다. 눈 빠지게 그림을 보느니 복돼지 한 마리 키우는 게 나을 듯싶다.

신기한 돼지 이야기를 잘 들어보시라. 그리고 복돼지를 키우시라.

첫날밤
논에 물을 댄 머슴

〈복돼지와 김 진사〉 이야기다.

김 진사는 천석꾼이다. 1년 농사로 쌀 천 석을 거둘 수 있을 정도니 어마어마한 부자인 것이다. 그러나 그건 복돼지가 찾아온 이후 얘기고, 그 전에는 찢어지게 가난해서 남의 집 머슴살이를 했다.

머슴은 종은 아니나 날품팔이 신세로 고용되어 일하는 자다. 먹고살기도 빠듯해서 나이 서른 넘도록 장가도 못 들었다. 그래도 사람이 성실하고 순박해서 마을에서 인심을 얻었다. 그의 딱한 처지를 아는 사람들이 어찌어찌 주선해서 드디어 결혼을 할 수 있게 됐다.

예식이 끝나고, 기다리던 첫날밤이 됐다. 단꿈에 푹 젖어 정사를 치르고 있는데 갑자기 밖에서 후드득 소리가 나지 뭔가.

비가 내리기 시작한 것이다. 그때는 날이 무척이나 가물어 물 부족으로 농사가 늘 걱정이었다. 그런데 하필 신혼 첫날인 그 밤중에 모처럼 단비가 내리는 거였다.

그는 비 오는 소리에 첫날밤을 치르다 말고 벌떡 일어나 밖으로 뛰어나갔다. 자신이 일해주는 주인집 논에 물을 대러 간 것이다.

그날 밤 그는 비를 맞으며 주인집 이 논 저 논을 분주하게 옮겨 다니면서 혼자서 물을 다 대고 새벽이 되어서야 돌아왔다.

아무튼 그렇게 첫날밤이 지나갔다. 이후 그는 부인과 힘을 합해 열심히 일했다.

어느 날이었다. 문득 그가 보니 커다란 암퇘지가 새끼 한 마리를 거느리고 자기 집 울타리를 넘어 마당으로 쪼르르 들어오는 것이 아닌가. 그러더니 곳간으로 쏙 들어가 버렸다. 너무 신기하고 놀라워 따라 들어갔으나 웬걸, 돼지가 보이지 않았다.

주위에 있던 사람들에게 그 얘길 하니, 다들 헛것을 본 거라며 나무랐다. 하지만 그는 마음속으로 꼭 믿었다.

'아하, 우리 집에 좋은 일이 있으려나 보다.'

그 후 정말로 살림살이가 나아지더니 한 10년이 지나자 천석꾼이 됐다. 그는 내친김에 과거 초시에 급제해 진사까지 됐다. 김 진사는 이 모든 일이 복돼지가 찾아온 덕분이라고 생각했다.

그러던 어느 날이었다. 또 문득 보니 자기네 곳간에서 암퇘지가 새끼를 달고 졸졸 나가는 것이 아닌가.

'아, 이거 우리 살림살이가 나갈려나 보다.'

그렇게 생각하고 있는데, 잠시 후 산 너머에서 총소리가 났다.

무슨 일인가 놀라 마음 졸이고 있는데, 나갔던 암퇘지가 다시 새끼를 몰고 돌아와서는 곳간으로 쏙 들어갔다.

내심 괴상하다 싶으면서도 반가워하고 있는데, 저녁때쯤 포수들이 그의 집에 찾아왔다.

"혹시 커다란 암퇘지와 새끼를 보지 못했소?"

그제야 산 너머 총소리가 포수들이 돼지를 잡으려고 했던 거라는 사실을 알았다.

김 진사는 자신에게만 보이던 돼지가 포수들에게도 보였다는 것이 의아했지만, 시치미를 뗐다. 하긴 곳간으로 들어갔다고 말해봐야 소용없었다. 도무지 보이질 않으니 말이다.

이윽고 날이 저물어 깜깜한 밤이 됐다. 포수들은 어쩔 수 없이 김 진사 집에서 하룻밤 머물기로 했다.

그런데 그날 밤 강도 떼가 쳐들어왔다. 김 진사가 부자인 것을 알고 재물을 뺏으러 온 것이다. 하지만 날을 잘못 잡았다. 총 든 포수 열 명이 넘게 그 집에 머물고 있으니. 이를 알 턱이 없던 강도들은 포수들에게 죽임을 당하거나 잡혀 관가에 끌려갔다.

김 진사의 복돼지는 그를 보호하기 위해 일부러 포수들 앞에 나타나 그들을 집으로 끌어들였던 것이다.

찾아온 행운이
깃들어야 복이다

복에는 중요한 비밀이 하나 있다.

복을 '복'이라고 볼 때만 '복'이 된다. 복이라고 여기는 눈으로 볼 때에야 비로소 복이 되고 업이 된다.

귀하게 태어난 손자 손녀를 '업둥이'라 부르며 덩실덩실 춤을 추던 옛 어르신들의 눈길과 손길이 그랬다. 그분들이라고 모르랴. 없는 집에 입 하나 늘어나면 더 힘겹고 어렵다는 것을. 하지만 그것을 괴로움, 고통, 비극으로 보지 않고 귀한 복으로 봤다. 바람이 담긴 따스한 눈으로 바라봤다. 그래서 천덕꾸러기가 될 수도 있던 것이 업둥이가 됐다. 그렇게 진짜 복이 됐다.

머슴이던 김 진사는 복을 볼 줄 아는 눈이 있었다. 그건 신이 그에게만 내려준 특별한 눈이 아니라, 그가 스스로 갈고닦은 눈이다. 그렇게 보도록 노력하고 애쓴 눈이다.

자기 처지를 돌아보면 한숨이 나올 법도 하다. 가난으로 앞날은 잔뜩 찌푸린 하늘 같고, 현실은 꾸리꾸리 냄새나는 묵은 옷 같다. 과거 역시 너덜너덜하기는 마찬가지다. 어딜 둘러봐도 상쾌하고 밝을 것 하나 없다.

하지만 그는 달리 봤다. 비록 머슴이지만 늘 긍정적으로 세상을 바라봤다. 기다리고 기다리던 흥분되는 첫날밤에 운우지정을 나누다 말고, 비 온다고 주인집 논에 물 대러 뛰어나가는 사람이 바로 그였다.

그런다고 칭찬을 듣는 것도 아니고 누가 등을 두드려주는 것도 아니다. 그래도 그는 그렇게 했다. 자기 재산이 늘어나는 것도 아니고 새경이 올라가는 것도 아니다. 첫날밤이니 비쯤이야 모르는 척해도 그를 나무랄 사람 하나도 없지만, 그래도 그는 물 대러 나갔다. 너무나도 간절히 기다리던 비였기 때문이다.

땅이 쩍쩍 갈라지는 것을 바라보며 가슴 아파하고, '이를 어쩌나. 잘돼야 할 텐데'라며 동동거리던 안타까움이 가득했기 때문이다. 주인집 일을 자기 일처럼 여겼기 때문이다.

그는 늘 이런 마음으로 살았다. 그것이 그의 눈을 밝게 했다. 남들은 보지 못하는 것도 볼 수 있게 했다. 그래서 부자가 되게 해주었을 뿐만 아니라 그의 생명과 재산까지 지켜주는 복돼지가 그를 꿀꿀꿀 찾아왔던 것이다.

좋다. 복돼지가 김 진사 눈에만 보이는 건 그렇다 치자. 그래도 복돼지가 다른 집 말고 그의 집을 콕 찍어 찾아온 건 좀 너무했다 싶다. 행운의 여신은 가리지 않고 돌아다니는데 복돼지는 그를 대놓고 찾아왔으니 말이다. 여신과 돼지가 달라서 그런 걸까?

아니다. 같은 말이다.

행운의 여신은 뒷머리가 없어 앞에서 잡아야 한다. 행운이 오기도 전에 미리 잡으려 해야 한다는 말이다. 현실은 행운은커녕 괴롭고 힘들고 짜증 나는 일들뿐이지만 행운이 온 것처럼 미리 손을 뻗어야 여신을 잡을 수 있다는 거다.

김 진사는 머슴이었다. 피곤하고 힘들고 짜증 나는 현실을 모르지 않았다. 바보가 아니다. 그래도 그는 성실했다. 누구보다 자신에게 주어진 상황에서 최선을 다했다. 비가 온다고 첫날밤 단꿈을 차버릴 정도였다. 그의 부인 역시 마찬가지였다. 남편을 황당하다고 여기지 않고 둘이 힘을 합해 최선을 다했다. 그렇게 미리 손을 쭉 뻗었다. 여신의 앞머리를 잡으려 했다.

그러니 여신이나 돼지나 같은 거다. 복은 본래 그런 거다.

서양의 행운은 자신이 능동적으로 알고 잡으려 해야 한다는 생각이고, 우리 복은 복이란 걸 잡을 생각도 없이 자기 할 일을 다하다 보면 언젠가 때가 되어 복이 찾아올 거란 생각이다. 그래서 복돼지가 김 진사 집에만 찾아온 것처럼 보인 거다. 하지만 김 진사는 그때가 아니어도 언제든 잘될 사람이었다. 언제든 복 받을 사람이었다.

사실, 행운의 여신과 복돼지 사이에는 미묘한 차이가 있다. 행운의 여신은 한 번 잡는 것이지만 복돼지는 함께 사는 것이다. 행운을 잡았다는 사람들은 많지만 그 행운을 누렸다는 사람은 많이 보지 못했다. 그러나 복을 누리며 사는 사람은 주위에 많다. 복이 깃들어 있기 때문이다.

여신은 우리 주위를 늘 분주하게 돌아다닌다. 그녀를 붙잡아야 한다. 그녀를 잡을 수 있도록 미리미리 손을 내밀어야 한다. 한 번의 행운이 복이 되려면 그녀와 함께 살아야 한다. 그녀를 꼭 붙들어야 한다. 복돼지가 곳간에 늘 있듯 떠나지 않게 해야 한다.

행운은 반드시 찾아온다. 하지만 찾아온 행운을 깃들게 해야 복이 된다.

사소함이
전부다

어떤 고위 관료가 있다. 남들보다 빠른 승진에 다들 복 받았다며 부러워하는 분이다.

친목 모임에서 한 후배가 물었다. 자신은 왜 선배님처럼 승진이 안 되는지, 어떻게 하면 선배님처럼 될 수 있는지. 그분은 정답이긴 하나 정답처럼 들리지 않는 말을 했다.

"최선을 다해서 일하고 주변 사람들이 감동하게 일했는지 돌아 보게나."

만고불변의 진리이자 정답이지만, 후배가 원하는 답은 아니었 다. 족집게 과외선생처럼 콕 짚어주길 바랐던 후배는 맥 빠지는 표정이 됐다. 그분은 빙긋 웃기만 했다. 사실 그분이 돌려 말한 것 을 있는 그대로 풀이하면 이런 말이다.

"내 힘이 닿는 한도라고 생각한 것에서 한 걸음 더 해라."

하지만 이렇게 말하면 곧 돌아올 말은 '답답한 소리'에서부터 '세상모르는 꼰대'까지 다양할 터였다. "그걸 왜 제가 해요? 남들 은 하지도 않는데요"가 가장 흔히 나올 대꾸였다. 그래서 그분은 공연한 말을 삼갔다. 들려주어도 들을 수 없는 자들에게는 소음일 뿐이니 말이다.

내가 몸담고 있는 대학의 봄은 정말 상반되는 두 표정을 보게 되는 계절이다. 입학식에서 흥분과 환희로 들뜬 얼굴들이 4년이 지나 졸업식장에 서면 어찌 그리 심각하게 굳어 있는지 모르겠다. 세상 물정을 많이 알아 그럴 수도 있고 연륜이 조금 쌓여 그럴 수도 있다. 취직이 안 되어 걱정이라 그렇기도 하지만, 남들 부러워하는 직장에 합격한 졸업생도 마찬가지 표정이다.

무엇 때문일까?

본인들은 알 것이다. 주변에서 뭐라 하는 말보다 본인들이 더 잘 알 것이다. 답은 눈 때문이다.

이 자리보다 저 자리가 나아 보이고, 이 일보다 저 일이 더 멋져 보이기 때문이다. 눈이 더 정밀해지고 더 세심하게 세상을 볼 수 있게 됐기 때문이다. 그런 눈을 키우는 것이 대학의 목표이기도 하다.

하지만 정밀하고 세심한 시선에 밝은 눈이 하나 더 필요하다. 황홀한 행운의 여신을 보고, 행복한 복돼지가 꿀꿀꿀 달려오는 것을 볼 맑은 눈이 필요하다. 그리고 찾아온 여신과 복돼지가 자신에게 깃들어 살 수 있도록 해야 한다.

'늘' 하던 일을 '늘' 같은 마음으로 '늘' 그곳에서 하고 있으면 된다. 언제든 누구든 그 일 그곳을 생각할 때 당신의 복된 모습이 떠오르게 하면 된다. 성실하고 꾸준하고 변함없는 당신 모습이 떠오르게 할 수 있다면 당신은 복 받은 사람이다.

머슴이던 김 진사는 천석꾼이 되길 바라지 않았다. 행운을 붙잡기를 바랐던 것도 아니다. 복돼지가 자기 집에 오기를 바랐던 것도 아니고 신통방통하게 포수들을 끌어오라고 한 것도 아니다.

그는 자기 삶을 살았다. 남들이 보지 않아도 최선을 다했다. 주변에선 그 사소하고 하찮고 아무도 알아주지 않는 것을 왜 하느냐고 타박했을지 모르지만, 그는 했다. 논에 물을 댔다. 밤새도록 물을 댔다.

크고 엄청난 일을 한 것이 아니라 자신이 늘 하던 작고 보잘것없고 사소한 것을 했다. 그것이 전부였다. 그 디테일이 김 진사가되게 했고 부자가 되게 했다. 그 작은 일이 그 모든 것이 되게 했다.

사소함이 전부다.
그 사소함에 복이 깃든다.

복을 타야
복이 된다

2관

《구복 여행》
—과정에 복이 있다—

하지 않으면 나아질 수 없다.
과정이 없이는 결과도 없다.
복을 타지 않으면 받을 복이 없다.
자기 스스로 복을 짓는 과정에서 묻어난 것들이 당신의 복이 된다.

부뚜막의 소금도
집어넣어야 짜다

'부뚜막의 소금도 집어넣어야 짜다'라는 말은 좀 뜨악하다.

속담이란 것이 본래 지극히 당연한 사실을 말하는 거라고 해도, 이 속담은 좀 심하다. 요리할 때 조리대 위에 있는 소금을 넣으란 것이니, 너무 당연한 소리 아닌가 말이다.

세상 진귀한 식재료를 가지고 일류 셰프가 솜씨를 발휘해도 간이 맞지 않으면 소용이 없다. 그런데도 소금을 안 넣는 사람이 있다는 얘기다.

왜?

바로 코앞에 있는데 그게 뭐 어렵다고 안 넣지?

어렵지도 힘들지도 않은데 그냥 안 한다는 거다. 오죽하면 이런 속담이 만들어졌겠는가.

속담의 뜻은 간단하다.

그 일을 해!

정말 그렇다. 알면 그 일을 하면 된다. 하지만 이상하게도 사람들은 그 쉽고 간단한 일을 안 한다. 그러니 산해진미도 맛이 날 리 없다. 투덜대야 소용없다.

혹시, 못 넣은 걸까? 아니다. 소금이 없는 것도 아니고 멀리 있는 것도 아니다. 눈앞 부뚜막에 떡하니 놓여 있다. 못 넣은 게 아니라 안 넣은 거다.

그럼, 소금이 짠맛을 낸다는 사실을 몰라서일까? 그럴 수도 있겠다. 온갖 진귀한 재료면 충분하다고 착각할 수도 있으니. 정말 그런 거라면 좀 안쓰럽다. 눈앞에 놓인 본질은 내버려 두고 엉뚱한 곳만 더듬고 있으니 말이다.

사람들은 자꾸 엉뚱한 것을 부산스럽게 내보이려 한다. 나이, 학벌, 재산, 권력 같은 어수선한 것들이 인생이라는 음식의 맛을 낸다고 착각한다. 그것이 멋진 재료이긴 하지만 진짜 핵심이 없으면 소용없다. 그 휘황찬란한 재료들의 색과 향에 현혹되어서는 안 된다. 음식 맛은 소금에 달려 있다.

알면서도 하지 않는 이유는 불안 때문이다.

처음엔 넣었다. 소금을 정성껏 넣었다. 그런데도 맛이 나지 않는 거다. 어떨 때는 짜고 어떨 때는 밍숭밍숭한 거다. 남들이 뭐라 타박했을 수도 있지만, 그보다 심각한 것은 자책에 빠지는 거다.

자기 타박이 더 자기 불안에 빠지기 쉽게 한다.

사실, 그냥 다시 하면 된다. 짜든 싱겁든 간이 맞지 않으면 새로 하면 된다. 하지만 자기 불안에 빠지면 자신감이 사라진다. 잘하던 것까지 못하게 된다.

축구든 배구든 여럿이 함께하는 단체경기에서 너무 쉬운 실수를 하고 나면 몸이 굳어진다. 동료들이 괜찮다고 말해도 그렇다. 위로가 질책처럼 들린다. 격려를 자기 모멸로 바꿔서 자신을 채찍질할수록 몸은 더 굳어진다. 그러면 이젠 눈감고도 하던 일에서까지 실수 연발이다.

'더는 하기 싫다. 그만두고 싶다. 주변에 피해를 주기 싫다.'

자신감은 없어지고 피로감에 지친다. 그냥 끝내고 싶을 따름이다.

이제 더는 아무것도 할 수 없다. 눈앞에 있고, 넣어야 맛이 난다는 것을 똑똑히 알면서도 소금을 집어들 수 없다.

또 실패할까 봐 두렵고, 그 실패에서 겪는 좌절감에 허덕이기 싫다. 나만 못난이처럼 좌절하고 거꾸러지는 것에 신물이 난다. 차라리 안 하고 말겠다. 그러면 괴롭지는 않을 테니까.

이것이 소금을 넣지 않는 이유다.

복도 못 찾은 총각은
왜 돌아왔을까?

옛날 시골 마을에 총각이 살았다. 어려서 부모를 여의고 어렵게 살았다. 천성이 착하고 일을 잘했다.

어느 날 정자 아래 쉬고 있던 노인이 그를 보고 안타까워 말했다.

"사람이란 다 제 복이 있는 법이야. 그 복을 찾아야지."

그러며 서천서역국에 가면 자기 복을 찾을 수 있다는 소리를 했다. 그 말에 고지식한 총각은 서천서역국으로 복을 찾아 떠났다.

서쪽으로 가다 보니 밤이 되어 깜깜해졌다. 깊은 산골 인가가 없는 곳에 커다란 기와집이 있어 가보니, 예쁜 처녀가 혼자 살고 있었다. 처녀가 저녁상을 차려주며 어디를 가느냐고 물었다.

"내 복을 찾아 서천서역국으로 가고 있지요."

그러자 처녀가 부탁했다.

"난 집도 있고, 땅도 있고, 돈도 있는데 남편 복이 없어 이렇게 혼자 살고 있답니다. 혼인 약속만 잡으면 남자가 죽어버리니, 대체 어떤 남자를 만나야 잘 살 수 있는지 서천서역국에 가면 그것 좀 알아다 주세요."

총각은 그러겠다고 약속했다.

하염없이 가다 보니 또 집이 하나 있어 들어갔다. 나이 지긋한 주인이 어디를 가느냐고 묻자 총각이 자기 이야기를 했다. 주인이 부탁했다.

"내가 마당에 크고 좋은 배나무 세 그루를 심었는데, 배가 열릴 때가 훨씬 지났는데도 도무지 열리질 않는군. 그 이유를 좀 알아다 주게나."

총각은 그러겠다고 했다.

또 가다 보니 큰 강이 앞을 가로막았다. 배가 없어 고민하고 있는데, 커다란 이무기가 스르륵 나타나 어디를 가느냐고 물었다. 총각이 복을 찾으러 간다고 말하자, 이무기가 강을 건네줄 테니 소원을 하나 들어달라고 했다.

"내가 천 년이 넘게 도를 닦아서 이미 용이 되어 승천할 때가 지났는데, 도무지 하늘로 올라가질 못하고 있어. 어찌해야 승천할 수 있는지 그걸 좀 알아다 다오."

총각이 그러겠다고 하자, 이무기가 강을 건네주었다.

다시 한참 가다 보니, 어떤 아이가 강둑에 앉아 낚시를 하고 있었다. 가까이 가서 보니 바구니가 텅 비어 있었다. 오랫동안 낚시질을 한 것 같은데 한 마리도 잡지 못한 거였다. 아이가 총각에게 어디로 가는지를 물었고 총각이 대답하자, 아이가 부탁했다.

"어떻게 하면 이 곧은 낚싯바늘로 큰 물고기를 낚을 수 있는지 그것 좀 알아다 주세요."

총각은 역시 그러겠다고 말했다.

이후로도 오랫동안 험한 고개 여럿을 넘었다. 어느 조그마한 초가집에 도착했는데, 꼬부랑 할머니가 살았다. 할머니는 총각이 복을 찾아간다는 말을 듣고는 혀를 찼다.

"에이, 쯧쯧쯧…. 복을 찾긴 어디서 찾아. 더 가봐야 소용없어. 그냥 돌아가."

그러자 총각은 자기는 괜찮지만, 오면서 받은 부탁이 많아 그냥 돌아갈 수 없다고 말했다. 그러면서 그동안 겪은 일을 들려주었다.

꼬부랑 할머니가 말했다.

"그깟 게 뭐라고, 별것 아니구먼. 낚시하는 아이는 그냥 뺨을 한 번 호되게 때려주면 그만이야. 이무기는 입에 두 개 문 걸 하나 뱉으면 되고, 배나무 주인은 배밭에 묻힌 걸 파서 내버리면 되지. 처음 만난 젊은 처녀는 동자삼, 여의주, 금덩이를 가진 남자를 만나야 잘 살 수 있다고 전해주게나."

고지식한 총각은 할머니의 말을 듣고 돌아갔다.

강둑에서 곧은 바늘로 낚시하는 아이를 만났다.

"알아봤는데, 미안하지만 이렇게 하라더구나."

다짜고짜 뺨을 후려갈겼다. 그러자 아이가 풀썩 넘어지는데 가만히 보니 사람이 아니라 어린애처럼 생긴 커다란 무였다.

총각은 그 무를 짊어지고 이무기를 만나 강을 건넜다.

"입에 뭘 물었는지 모르겠지만 두 개를 물고서는 안 된답니다. 하나를 뱉으면 된다는데요."

이무기가 두 개를 물면 더 잘 올라갈 줄 알았다고 말하고는 구슬 하나를 뱉어버렸다. 그러자 천둥 번개가 치며 천지가 요동하더니 이무기가 용이 되어 승천했다.

총각은 구슬도 봇짐에 넣고는 배나무 주인을 찾아갔다.

"배밭을 파서 땅속에 묻힌 걸 내다 버려야 한답니다."

주인이 땅을 파보니 배나무 뿌리가 커다란 돌덩이에 가로막혀 크지를 못하고 있었다. 주인은 파낸 돌을 총각에게 주었다.

총각은 돌덩이까지 짊어지고 처음 만났던 예쁜 처녀가 사는 집을 찾았다.

"부탁하신 것을 알아냈는데, 쉽지 않겠습니다. 동자삼, 여의주, 금덩이를 가진 남자를 만나야 잘 살 수 있다는데요."

처녀가 그런 남자를 어떻게 만나냐며 한탄했다. 그러고는 총각에게 당신의 복을 찾았냐고 물었다. 총각이 지나온 일을 말해주며 가져온 것들을 꺼내놓았다. 그것들은 동자삼, 여의주, 금덩이였다.

처녀는 천생배필을 만났다며 총각과 결혼해 행복하게 살았다.

복은
설계도나 보물지도가 아니다

〈구복 여행(求福旅行)〉 이야기에 등장한 인물들은 결국 다 복을 받았다.

총각은 예쁜 부자 처녀와 결혼했고, 결혼이 문제이던 처녀도 해결됐으니 복이다. 배나무 주인도 그렇고, 이무기나 낚시하는 아이도 모두 자기 소망이 이루어졌으니 복 받은 거다.

이 네 명은 퍽 상징적이다.

예쁜 처녀는 '거듭된 불운'을 겪는 사람이고, 배나무 주인은 '자신도 모르는 장애'에 맞닥뜨린 사람이다. 이무기는 '잘한다고 한 행동이 욕심'이 된 경우고, 낚시하는 아이는 '제 주제도 모르고 쓸데없는 일에 골몰'하는 자다.

이들 넷은 자신들의 문제가 무엇인지 몰랐다. 해결하고 싶으나 방법이 없어 고민했다. 이들이 잘한 일은 총각에게 제 사연을 말한 것이다. 소통했기에 해결할 수 있었고 복이 됐다.

문제를 쌓아놓고 한숨만 쉬며 끙끙거리는 것보다 남과 소통하는 것이 훨씬 낫다. 별일 아닌 일도 말을 안 하면 곪지만, 별일도 말을 하면 풀린다. 소통을 하다 보면 대단한 일도 하찮은 일로 보이고, 어려운 일도 실마리가 풀린다.

타인과 소통한다는 것은 그냥 남의 말을 들어보는 행위가 아니다. 소통은 경청과 액션이다. 듣고 움직이지 않으면 진짜 소통이 아니다. 처녀, 배나무 주인, 이무기, 낚시하던 아이 모두 소통했다. 총각 말을 듣고 결단하고 따랐다. 처녀는 총각과 결혼했고, 배나무 주인은 황금을 파서 주었다. 이무기는 아까운 여의주를 내뱉었고, 제가 사람인 줄로 착각했던 산삼은 충격을 받고 제 모습으로 돌아갔다.

처녀에겐 다른 멋진 남자들도 많았을 거다. 하지만 오다가다 만난 총각을 선택했다. 자신보다 남을 도와주는 일에 열심인 총각이 천생배필임을 알았다. 선행을 베푸는 것이 바른 자세임을 안 처녀는 '거듭된 불운'에서 벗어날 수 있었다.

배나무 주인은 자신이 가질 수도 있는 황금을 선뜻 총각에게 주었다. 그것이 자신에게는 재앙임을 알고 버린 것이다. 자신에게는 배나무가 중요하지 황금은 중요한 것이 아니라는 걸 깨달은 것이다. 그렇게 '자신도 모르는 장애'에서 벗어났다.

이무기도 그랬다. 남 주기 아까워 두 개씩 물고 있던 것을 스스럼없이 버렸다. 자기 잘못을 즉시 인정하고 실행에 옮겼다. '잘한다고 한 행동이 욕심'이 된다는 것을 알고 결단한 것이다.

산삼도 그렇다. 오래 묵어 사람이 된 줄 알고 엉뚱한 짓을 했지만 그게 아니라는 걸 벼락같이 깨달았다. 총각을 해코지할 수도 있었지만 그러지 않고 제 모습으로 돌아갔다. '제 주제도 모르고 쓸데없는 일에 골몰'하는 것이 어리석은 짓임을 알았기 때문이다.

이 네 명도 훌륭했지만 진짜는 총각이다. 총각이 없었다면 이들은 여전히 괴로움 속에 지냈을 것이다. 객관적으로 이들 넷은 총각보다 나은 상황이었다. 처녀는 부자인 데다 예뻤고, 주인은 훌륭한 배나무를 심었고, 이무기는 승천을 앞두고 있었으며, 낚시하던 아이는 사실 천년 묵은 동자삼이었다. 그런데도 이들 넷보다 총각이 중심이었다. 해결의 주체가 총각이었다.

이유는 간단하다. 총각은 자기 복을 찾아 떠났지만 이들은 그러지 않았기 때문이다. 그들은 모두 그 자리에 앉아 한탄하고 고민하고 괴로워하기만 했다.

예쁜 처녀는 집이 있고 재산이 있으니 떠날 수 없었다. 배나무 주인은 배나무 곁을 벗어날 수 없었고, 이무기는 승천할 곳에 똬리를 틀 수밖에 없었고, 동자삼은 물고기를 낚아야 하니 강둑에서 벗어나지 못했다. 모두 다 놓지 못하고 집착하는 것이 있었기에 자기 문제를 적극적으로 해결하지 못했다. 하지만 이들도 자기 잘못을 깨닫는 순간 문제를 해결할 수 있었다. 모두 총각 덕분이다.

총각이 정말 고지식하다는 건 동네 어르신의 말씀을 듣고 무작정 서천서역국을 향해 길을 나섰다는 데서 알 수 있다. 자기 복을 찾겠다는 생각으로 떠났다.

그런데 꼬부랑 할미가 돌아가라는 말에 그냥 돌아섰다.

아니, 그럼 그동안 들인 수고는 어떡하고?

총각은 애초부터 그런 생각은 털끝만큼도 안 했다. 그동안 들인 시간과 정력이 아깝다는 생각은 목적과 결과에 집착하는 사람들이 곧잘 빠지는 함정이다. 그들은 과정에서 얻는 깨달음과 즐거움을 놓치고 만다.

총각은 충분하다고 생각했다. 성공 또는 실패라는 결과보다 더 중요한 '과정'을 거쳤으니 만족스럽다고 생각했다. 다만 그동안 받은 부탁이 있어 멈추지 않고 계속 갈 작정이었다. 그러자 할미가 가르쳐주었다. 네 명의 해결책을 알게 되자 총각은 주저 없이 돌아섰다.

아니, 자기 복만 못 찾지 않았나!

분명 총각은 착하고 고지식했다. 자신의 복을 찾겠다고 해놓고선 그건 내버려 두고 엉뚱한 사람들 복만 찾아준 것처럼 보인다.

하지만 총각도 복을 찾았다.

예쁜 처녀와 결혼했으니까?

그렇게 단순한 것이 아니다. 결과를 놓고 말하는 것은 복이 아니다. 복은 과정이다.

총각이 찾아 나선 복은 그의 여정에 담겨 있었다. 그의 역할은 처녀, 주인, 이무기, 아이를 도와주는 것이었고 그 과정에서 묻어나는 복을 받는 거였다. 처녀와 결혼하게 된 것은 동자삼, 여의주, 금덩이가 있었기 때문이다. 이것들은 아이, 이무기, 주인을 도와주었기에 얻을 수 있었다.

이 이야기에서 말하는 복은 아주 단순하다. 하지만 오늘을 사는 우리는 제대로 알아듣질 못한다. 결과만 좋으면 괜찮다고 배운 세대여서 그렇다. 과정보다 결과가 중요하다는 어처구니없는 말을 스스럼없이 하는 사람들에 둘러싸인 서글픈 세대라 알아듣질 못한다.

과정 없는 결과는 없다. 과정이 아름답지 않으면 결과는 아름다울 수 없다. 이 말은 아무리 해도 곧이들리지 않는다.

때가 '탄다'는 말은 때가 '묻는다'는 말과는 다르다. 떡볶이 국물이 떨어져서 얼룩지는 것은 더러워졌다고는 해도 때가 탔다고 하지는 않는다. 자신도 모르게 들러붙어 묻어나는 것을 '탄다'고 한다. 때가 그러면 때가 탄다고 하고, 복이 그러면 복이 탄다고 한다.

복이 자신도 모르게 스며들어 묻어나는 것을 '복이 탄다'고 한다. 복을 움켜쥐려는 것은 복을 타는 행위가 아니다. 과정에서 복이 자신도 모르게 스며들고 배어들어야 복을 타는 것이다.

복을 찾아 떠난 총각의 행적은 단적으로 이렇다.

총각은 자기 복을 찾으려고 떠났지만 복을 찾았기에 돌아선 것이 아니다.

총각은 복을 받았지만 그 복을 받으려고 길을 나선 것이 아니다.

복을 타는 것은 복을 받으려고 매사에 조심조심 갈고닦으며 최선을 다하는 것이 아니다. 나중에 예쁜 처녀와 결혼하려고 배나무 주인에게 잘하고 이무기에게 최선을 다한 것이 아니다. 조직적으로 기획하고 계획적으로 배치해서 만들어낸 설계도가 아니다. 그냥 한 것이다.

그들 부탁을 들어주려 길을 나선 것은 아니지만, 들어줄 수 있으니 들어준 것이다. 그것이 복을 타게 한 것이다. 복은 그런 것이다.

총각은 복을 찾아 떠났지만 복을 찾았는지 어쨌는지는 중요치 않다. 그 걷는 길에서 복을 탔다. 그래서 그의 삶이 복됐다.

'사람은 태어날 때부터 자기 복을 갖고 태어난다'라고들 말한다. 선천적으로 타고난다는 소리다. 그럴싸하다. 하지만 우스운 소리다. 복을 짜내고 설계해 획득한다는 결과론만큼이나 한심한 운명론이다. '잘될 인간은 망나니처럼 살아도 결국 잘된다'라고 생각하는 것은 그들이 부러워서다. 개망나니가 부러운 얼간이들의 체념적 탄식이 운명론이다.

결과론이든 운명론이든 맘대로 하시라. 어떻게 생각하든 복은 바뀌지 않는다. 복은 결과도 운명도 아니다. 복은 타는 것이지 정해진 것도, 도착할 결과도 아니다. 삶의 발자국 하나하나에서 묻어나고 배어드는 것이 진짜 복이다.

이제 그만 고민하고, 부뚜막의 소금을 집어넣으시라. 조금 실수하면 어떤가. 잘못되면 또 어떤가. 짜거든 물을 더 넣으면 된다. 재료를 더 넣어 많이 만들어서 여기저기 나눠주면 된다. 고마워할지 뜨악해할지는 잘 모르겠다. 그래도 하지 않고 가만히 있는 것보다 백배는 낫다.

정확히 넣었는데도 싱거우면 조금 기다리자. 어쩌면 차츰 깊은 맛이 배어 나올지도 모르니. 뭐, 배어 나오지 않으면 어떤가. 조금 더 넣으면 되지. 그러다가 짜지면 다시 물을 더 넣고.

처음부터 일류 요리사로 태어나는 사람이 어디 있는가. 하면서 익히고 배우고 스며들고 묻어나는 것이지.

당신도 하다 보면 조금씩 나아진다. 걱정 마시라.

하지 않으면 나아질 수 없다. 과정이 없이는 결과도 없다.

복을 타지 않으면 받을 복이 없다. 자기 스스로 복을 짓는 과정에서 묻어난 것들이 당신의 복이 된다.

복을 타야 복이 된다.

우리는 모두 빌려온 복으로 산다

3관

〈차복이와 석숭이〉

— 고맙다고 말한 그는 행복했다 —

아무리 과장해서 보고 싶어도 내 복은 그리 크지 않다.
차복이 나뭇짐 하나 정도다.
그런데도 행복하게 사는 것은 석숭이 복을 빌려왔기 때문이다.
우리 모두 차복이인 것이다.

사라진
나뭇짐의 비밀

옛날에 차복이라는 가난한 나무꾼이 살았다. 날마다 나뭇짐을 해다가 장에 가서 팔아 근근이 먹고살았다.

어느 날 차복이는 나무를 두 짐 하면 살림이 좀 넉넉해지지 않을까 싶었다. 그래서 두 짐을 해다 놓고 잠을 잤다. 그런데 아침에 일어나보니 마당에 한 짐만 있고 다른 하나는 어디로 갔는지 사라지고 없었다.

'아니, 누가 훔쳐 갔지?'

아무리 찾아봐도 누가 가져갔는지 알 수 없었다.

이후로도 한 짐을 해놓으면 괜찮지만, 두 짐을 해놓으면 꼭 한 짐이 사라졌다.

'정말 희한한 일이다.'

결국 차복이는 나무 한 짐에 들어가 숨었다. 밤중에 누가 훔쳐 가는지 보려 한 것이다.

밤중이 됐다. 갑자기 차복이 몸이 공중에 둥둥 떴다.

'이 도둑놈이 나무를 훔쳐 가는구나.'

숨을 죽이고 가만히 기다렸다. 한참이 지나 땅에 내려놓는 느낌이 나더니만 근엄한 목소리가 들렸다.

"나무 짐을 가져왔느냐?"

"예, 가져왔습니다."

"그러냐. 수고했다."

그 순간 차복이가 나뭇짐에서 뛰어나왔다. 나와보니 그곳은 지상이 아니라 천상이었다. 근엄한 목소리의 주인공은 옥황상제였다.

"너는 어찌하여 여기에 왔느냐?"

차복이는 전후 사정을 설명하고는 옥황상제에게 따졌다.

"제가 나무 두 짐을 해서 좀 넉넉하게 살아볼까 했는데, 이렇게 매번 가져가시면 전 어쩌란 말입니까? 어떤 사람은 부자로 살고 어떤 사람은 가난하게 사는데, 이런 건 공평하지 않은 것 같습니다. 그리고 제가 이래저래 천상에 왔으니 제게도 복을 좀 주십시오."

그러자 옥황상제가 묘한 말을 했다.

"내가 네게 복을 주면, 그 복이 네 생각대로 너에게 갈 것 같으냐? 너에게 돌아갈 복이 있기나 할까? 네 복은 딱 그만큼이다."

그러고는 차복이를 데리고 한 방으로 들어갔다.

그 방에는 온 세상 사람의 복주머니가 걸려 있었다. 차복이가 보니 정말 자기 복은 주먹 하나만 했다. 바로 옆에 거대한 주머니가 있었는데, 보니 석숭이 복이었다.

옆에서 따라다니던 신하가 풀이 죽은 차복이를 보고 옥황상제에게 말했다.

"석숭이의 복이 있으니 그 복을 좀 나눠주었다가 나중에 돌려받으면 어떨까 싶습니다."

"아, 그러냐? 그렇다면 그렇게라도 해줘라."

결국 그렇게 차복이는 석숭이 복을 빌려서 살다가 나중에 돌려주기로 약속하고 인간 세상으로 내려왔다.

돌아온 차복이는 나무를 한 짐 해서는 "이건 내 복", 또 한 짐 더 해서는 "이건 석숭이 복"이라고 말했다. 더는 나뭇짐이 사라지지 않았다.

차복이의 재물이 조금씩 불어났다. 그는 늘 나뭇짐 하나를 넘는 재물을 보면 '이것은 석숭이 복이니 석숭이 재물이다'라고 생각했다.

마침내 차복이는 부자가 됐다. 그는 늘 마음속으로 석숭이를 기다렸다. 그에게 빌려온 복을 돌려주어야 한다고 생각해서다.

어느 추운 겨울이었다. 하루는 집 밖에 거지 부부가 와서 밥을 빌었다. 거지 여인을 보니 배가 불룩한 것이 해산이 임박해 보였다. 그대로 돌려보내면 길에서 해산할 듯싶었다. 차복이는 안방에 딸린 작은 방 하나를 내주고는 거기서 몸을 풀게 했다.

거지 여인이 아이를 낳았다. 차복이 내외는 거지 부부를 잘 먹이고 푹 쉬게 했다. 거지 남편이 말했다.

"정말 어르신의 은혜가 큽니다요. 저희 아이의 이름을 지어주시면 고맙겠습니다."

차복이가 아무리 고민해도 좋은 이름이 떠오르지 않았다. 그러자 차복이 부인이 말했다.

"추운 날 우리 방에 딸린 섭실에서 낳았으니, 섭실… 섭실… '석숭'이라고 하면 어떨까요?"

협실(夾室)을 사투리로 '섭실'이라고 하는데, '섭실에서 낳았다'는 의미에서 석숭이라고 하자는 거였다. 그 말을 듣고 차복이 머릿속이 환해졌다.

"아하, 그거 괜찮다. 좋다, 좋아."

그렇게 석숭이라 이름 지었다.

'이렇게 석숭이가 태어났구나. 그러니 이제 내 살림과 재물은 다 석숭이 것이다.'

차복이는 거지 부부를 불러 말했다.

"여기서 애까지 낳았는데 어디 멀리 가지 말고, 이 집에서 함께 사는 것은 어떻겠소?"

게다가 석숭이를 양자로 삼겠다는 말에 거지 부부는 마다할 이유가 없었다.

그렇게 차복이는 거지 부부, 석숭이와 함께 살게 됐다. 훗날 차복이는 모든 재산을 석숭이에게 물려주었다.

우리는
'내 복 + 남의 복'으로 산다

〈차복이와 석숭이〉의 상상력은 대단하다. 중국 서진(西晉) 시대 엄청난 갑부였던 실존 인물 '석숭(石崇)'을 등장시키고, 그의 '복(福)'을 빌려왔다[借]'는 뜻으로 나무꾼을 '차복(借福)'이라 이름 지었다. 이 이야기는 사람이 어떻게 살아야 하는가를 진지하고 담담하게 그려내고 있다.

우선 '내가 가진 복은 얼마인가?'에 대해 말해준다. 복은 정해져 있고, 미안하게도 사람마다 다르단다. 복주머니가 죽 걸린 방에서 확인한 것처럼, 사실이 그렇다.

사람은 정해진 시간 동안 한정된 공간에서 주어진 힘으로 살다가 죽는다. 더 살고 싶다고 해서 더 살 수 없고, 부지런히 돌아다녀도 온 세상을 다 밟아볼 수 없으며, 천하장사도 빌딩을 뽑을 수는 없다. 권력도 제한이 있고 재물도 한정이 있다. 그 이상은 아무리 더 가지고 싶어도 결코 그럴 수 없다.

복은 정해졌고, 얼굴이 다르듯 사람마다 다르다. 그래도 차복이는 억울할 만했다. 아무리 열심히 일해도 고작 나무 한 짐으로 근근이 살 수밖에 없다니 너무했다. 따질 만했다.

하지만 이야기는 '가진 만큼 감당할 수 있는가?'라고 묻고 있다.

자신에게 맞는 옷을 입어야 행복하다. 작은 옷도 괴롭지만 큰 옷도 거추장스럽긴 마찬가지다. 크고 많으면 무조건 좋다는 것은 잘못된 생각이다. 과유불급(過猶不及)을 주변에서도 참 많이 본다.

그냥 평범했으면 그렇게까지 불행하지 않았을 유명인들이 어디 한둘인가. 아역 스타로 반짝였기에 부모가 이혼하고 집안이 풍비박산 났다는 예는 수두룩하다. 그냥 수저 둘에 라면 하나를 가운데 놓고도 행복한 사람들에 비하면 가슴이 아플 지경이다.

물론 사람마다 다르다. 재물이 많으면 행복한 사람도 있지만, 재물이 많아 불행한 사람도 있다. 지식이 많으면 기쁠 수 있으나, 지식이 많아 자신을 좀먹는 사람도 있다. 재주가 많으면 즐거울 줄 알았지만, 재주가 많아 괴로움과 힘겨움에 허덕이는 사람도 없지 않다. 당연히 사람마다 다르다.

그러니 남을 보고 부러워할 것도 없고, 남을 보고 주눅들 것도 없다. 부러우면 지는 것이 아니라 멍청해지는 것이다. 자기에게 맞는 만큼만 가지고 있어야 한다. 감당할 만큼만 가지고 있어야 한다.

옥황상제가 나뭇짐을 가져간 것은 차복이를 괴롭히기 위해서가 아니었다. 다 가져간 것이 아니라 차복이가 감당할 수 있는 만큼만 남겨두고 가져갔다. 화근을 없앤 것이다.

이야기는 여기서 멈추지 않는다. '우리는 누구 덕으로 살아가고 있는가?'에 대해 들려준다.

차복이가 석숭이 복을 빌려오지 않았다면 그는 늘 나무 한 짐으로 살았을 거다. 근근이 살지 않고 부자가 된 것은 석숭이 복 덕분이다. 차복이가 복을 빌려왔기에 가능했다.

석숭이 복은 자기 복이 아니다. 자기가 만든 복이 아니라, 남들이 만든 남들의 복이다. 우리의 큰 착각은 모든 것이 자기 복이고 자기는 제 복으로만 살아간다고 생각하는 것이다. 터무니없는 소리다. 주변을 돌아보라. 눈을 더 크게 뜨고 국가와 세계를 살펴보라. 모두 다 내가 이룩한 내 복인가?

어쩌다 보니 우리는 조선 시대가 아니고 일제강점기가 아닌 지금 태어나서 살고 있다.

어쩌다 보니 우리는 우리나라에 태어나서 잘 먹고 잘 살고 있다.

어쩌다 보니 누구는 어떤 집에 태어났는데 나는 이 집에 태어나 사랑받으며 살고 있다.

어쩌다 보니 어쩌다 보니 어쩌다 보니 이렇게 된 것이다.

냉정하게 따져보면 내 복은 얼만큼인가? 과연 내 능력과 노력으로 이루어진 것이 하나라도 있기는 한가? 누군들 좋은 환경, 좋은 부모, 좋은 시절에 태어나고 싶지 않겠는가마는 자기 뜻대로 정해진 것은 하나 없다.

우리나라가 완벽한 나라도 아니고 우리 사회가 최고의 환경도 아니며 우리 집이 그림책에 나오는 근사한 집이 아니기는 하다. 그렇지만 이렇게나마 살 수 있는 건 누구 복인가? 아무리 고민해 끼워 넣으려 해도 나는 아니다. 나는 다만 가져다 쓰고 있을 뿐이다.

나 말고 당신을 포함한 누군가가 이렇게 되도록 애쓰고 노력한 덕이다. 그 알지 못하는 누군가의 복으로 내가 지금 살고 있다. 그분들 복을 빌려와 맘대로 쓰고 있다. 어이없게도 한껏 생색내며 말이다.

박찬호가 없었다면 류현진을 비롯한 후배들이 그토록 수월하게 메이저리그에 진출하지 못했을 것이다. 차범근이 당대 최고 리그인 분데스리가에서 갈색 폭격기가 됐기에 변방의 나라 코리아라는 이름을 들어본 사람들이 생겼고, 히딩크가 이끌어주었기에 박지성과 이영표가 뛸 수 있었다. 그리고 손흥민이 지금처럼 됐다. 선배들이 먼저 거친 길을 뚫고 나갔기에 후배들이 조금 수월하게 갈 수 있었다.

후배들의 능력과 열정이 부족하단 말이 아니다. 그들에게도 자기 복이 있다. 그러나 자기 복만으로 사는 사람은 없다. 단 한 명도. 우리는 모두 '내 복'과 '남의 복'을 합해서 살고 있다.

아무리 과장해서 보고 싶어도 내 복은 그리 크지 않다. 차복이 나뭇짐 하나 정도다. 그런데도 행복하게 사는 것은 석숭이 복을 빌려왔기 때문이다. 우리 모두 차복이인 것이다. 수많은 석숭이 덕에 복 받고 사는 것이다. 그러니 우리가 할 말은 하나뿐이다.

"복을 빌려주셔서 고맙습니다."

고맙다고 말한 그는
행복했다

제목이 〈차복이와 석숭이〉지만 이야기 내내 석숭이는 말이 없다.

그런데 혹시 석숭이가 말을 한다면 이러지나 않을지 모르겠다.

"당신이 내 복을 훔쳐 간 건가요?"

따지고 보면 이런 볼멘소리를 할 만도 하다. 자신도 모르는 어느 시절에 차복이가 천상에서 생떼를 써서 가져간 것이니까. 그걸로 잘 먹고 잘 산 것이니까. 돌려주는 것도 느지막이 돌려주고 말이다. 자기 죽을 때나 돼서.

하지만 사실 이 질문은 처음부터 잘못됐다. 석숭이는 그런 말을 결코 하지 않을 것이다.

석숭이는 차복이에게 "내 것 내놓아라" 하지 않는다. 석숭이 복이 차복이 복보다 크지만, 복이 크다고 자기 복만으로 살 수는 없다. 석숭이 역시 누군가의 복을 빌려서 사는 존재고 그렇게 빌려서 살아야 한다는 것을 알기 때문이다. 둘은 똑같은 것이다. 많든 적든 모두 빌려서 산다는 점에서는 똑같은 존재다.

석숭이는 차복이게 "내 것 내놓아라" 하지 못한다. 하고 싶어도, 그런 말을 하기도 전에 차복이가 벌써 모든 것을 내주기 때문이다. 차복이는 복이란 누군가에게 빌려온 것이라는 걸 알기에 다 가지려 하지 않는다. 아니, 가질 수도 없다. 한 짐 이상은 감당할 수 없다. 그래서 평생 석숭이를 기다리며 살았고, 반갑고 흔쾌히 그를 맞았다. 그리고 본래 그의 것이라며 그에게 모든 것을 돌렸다. 가끔 훌륭한 분들이 사회에 환원한다며 재산을 내놓는 것과 같다. 빌려온 것을 잘 쓰다 돌려준다는 마음이다.

이제 정말 중요한 것을 생각해보자. 행복 말이다.

차복이는 행복했을까? 당근, 예스(Yes)다.

좋다, 그럼.

석숭이는 행복했을까? 예스긴 한데…, 좀 미적거림이 있다.

두 대답의 미묘한 간극 사이에 행복의 본질이 숨어 있다. 차복이가 석숭이보다 훨씬 더 행복했을 거라는 마음이 들기 때문이다.

차복이와 석숭이 중 누가 더 행복했을까?

그렇다, 차복이다.

차복이는 고생했다. 나무를 했고 사라지는 나뭇짐 때문에 속상했으며 하늘에까지 올라가서 애걸했다. 평생을 보면 초년에 고생했지만 노년으로 갈수록 유복했다.

석숭이는 모든 부를 가지고 시작했다. 나무도 할 리 없고 사라지는 나뭇짐으로 고민할 일도 없다. 하늘까지 갈 필요도 없다. 자기 복주머니가 세상 누구보다 크지 않던가.

그런데도 석숭이보다 차복이가 더 행복했을 거란 느낌이 든다.

그 이유는 '궁금함'과 '불안' 때문이다.

석숭이는 물론 복이 엄청나니 잘 먹고 잘 살았을 것이다. 하지만 궁금하다. 석숭이는 자신이 양아버지 차복이에게 받은 것처럼 재산을 물려줄 든든한 자식이 있었을까? 차복이처럼 행복하게 눈을 감았을까?

그리고 불안하다. 혹시 석숭이가 자기 재물이 모두 물려받은 것이란 사실을 잊지는 않을까? 그래서 자신도 누군가에게 전해주어야 한다는 생각을 못 하면 어떡하지? 자신이 잘 먹고 잘 사는 것이 차복이 덕분이란 생각보다는 당연하다고 생각하면 어떡하지?

물론 석숭이도 '이 모든 복이 누군가에게서 빌려온 거야'라고 생각했을 것이다. 당연히 그랬을 것이다. 그냥 노파심 많은 우리가 궁금해하고 불안해하는 것뿐이다. 그래서 차복이의 행복에는 냉큼 그렇다고 답하면서도 석숭이의 행복에는 선뜻 대답을 못 했던 것이다.

'잘하겠지만 그래도 혹시나…?'

여기에 우리 민중이 생각한 복의 본질이 담겨 있다. 온 세상이 공정·평등·효율·혁신을 둘러싸고 여전히 논쟁 중인 문제에 해법을 제시하는, 우리 민중의 지혜가 여기 담겨 있다.

우리는 줄곧 석숭이의 복이 엄청나게 크니 잘 먹고 잘 살았을 거라고 생각했다. 그러면서 동시에 석숭이의 행복에 대해서는 의구심을 가졌다.

왜 그랬을까?

그렇다. 하늘나라 방에 주렁주렁 달려 있다는 '복주머니의 크기'는 행복의 크기가 아니었다. 만족감의 크기도 아니었다. 단지 재물의 크기였다.

고작 나뭇짐이 하나냐 둘이냐를 따지는 크기였지, 차복이가 부인과 행복하게 사느냐 아니냐의 만족감을 재는 크기가 아니었다. 태어날 때부터 정해져 있고 바꿀 수도 없는 복주머니의 크기는 정해진 시간과 공간과 권력과 재물의 양일 뿐이다.

행복의 크기는 정해진 것이 아니라 만들어가고 키워가는 것이었다.

차복이는 행복을 키웠다. 키우고 늘리고 퍼지게 했다. 주어진 작은 복으로 주변을 밝게 했다. 행복이란 자기 복과 남의 복이 합해져서 만들어진다는 것을 알기 때문이다.

차복이는 행복했다. 부자가 되어서가 아니라 행복하게 살았기 때문이다. 모든 것이 남에게 빌려온 복이라는 걸 알았기 때문이다.

행복의 지혜는 고마움이었고, 행복의 열망은 고마움으로 남에게 되돌려주는 거였다.

차복이가 세상에서 마지막 눈을 감을 때 뭐라고 했을까? 아마도 이러지 않았을까 싶다.

"빌려온 복으로 한세상 잘 살다가 갑니다. 정말 고맙습니다."

복은
만드는
것이다

4관

― 아랑과 염치의 벼리 ―

〈세종에서 세조로〉

아량과 염치는 벼리[綱]가 되어야 한다.
서로 긴밀하게 버티도록 깊이 매여 있는 그물의 핵심 코,
벼리처럼 되어야 한다. 하나만 있고 하나가 없으면
아무리 좋은 그물도 풀어져 버린다. 못쓰게 된다.
벼리가 있어 꼭 둘이 함께 꽉 묶여야 단단해진다. 벼리란 그런 것이다.

세종에서 세조로 바뀌는 동안
무슨 일이 있었나?

옛날 글을 읽다 보면 모호한 부분이 한둘이 아니다. 제목도 없이 툭 던지듯 써놓은 글일 경우엔 더 심하다. 겉에 드러난 내용은 알겠는데, 몇 번을 읽어도 속에 담긴 뜻을 알기 어려울 땐 정말 갑갑하다.

그러다 문득 깊은 의미를 깨달으면 세상에 이런 기쁨이 따로 없다. 글쓴이가 그렇게밖에 쓸 수 없었던 깊은 고뇌를 알게 되면 가슴이 먹먹해지기까지 한다. 깊은 울림의 글이란 그런 것 같다.

성현(成俔, 1439~1504)이 쓴《용재총화(慵齋叢話)》에 그런 글이 실려 있다. 그는 '말은 하면서도 말을 하지 않는 기묘한 방법'으로 썼다. 우리를 괴롭히려 그런 게 아니라 깊은 의미를 담기 위해서였다.

말했듯, 겉에 드러난 뜻은 어렵지 않다. 지금 말투와 달라 낯설 순 있지만 대강의 의미만 파악하면 충분하다. 속에 담긴 뜻이 무엇인지 퀴즈 푸는 마음으로 읽어보라.

조선이 건국된 초기에는 법망이 느슨해서 양반들이 이익 얻는 방법이 많았다. 세상에 이런 말이 전한다.

태종 임금께서 궁궐 바깥에서 사냥하시다가 날이 저물어 평복 차림으로 시냇가에 앉아 계셨다. 양반 10여 명이 말에 음식을 싣고 그 앞을 지나가다가 태종 임금께 물었다.

"승정원(承政院)이 어디쯤입니까?"

태종께서 웃으시며 답해주었다.

"저쪽 아래 연기가 어지럽게 나는 곳으로 가보게. 그곳이 바로 승지들이 있는 승정원이라네."

세종 때는 여러 창고의 공물(公物)을 단속하지 않았다.

궁궐 안 음식은 승정원이 전담해서 관리했는데, 임금께서 드시고 남은 음식을 관원들이 나눠서 자기 집으로 보냈다.

연회가 있으면 예빈시에서 잔치 자리를 베풀고 술 맡은 관리가 술을 올렸다. 이때 창고 관리가 악공과 기녀에게 사례금으로 줄 폐물을 바치는데, 10섬 이하의 곡식은 마음대로 사람들에게 나눠주었다. 이러니 한 번 연회에 소비되는 종이가 수백 권이요, 술은 수백 병이며, 다른 물품도 이와 같이 많았다.

그런데 허비하는 것이 이렇게 많은데도 공적인 행사에 쓰는 물건이 부족하거나 궁색하지 않았는데, 어떻게 그렇게 된 것인지 알 수가 없다.

세조 때부터 법전의 예법을 구체적으로 고치고 지출명세서 일
람표를 만들어 아무리 작은 물건이라도 모두 아뢰어 보고한 뒤
에 쓰게 했다. 이러니 사람들이 공물을 남용하는 일이 사라졌다.
그런데 공물로 비축해둔 것 또한 없어져서 나라에서는 항상 공
적인 행사를 할 때 물건이 부족해서 근심했으니, 이 또한 어떻
게 그렇게 된 것인지 알 수가 없다.

한 번 읽고 글쓴이 성현의 깊은 뜻과 의도를 파악했다면 대단
한 거다. 하지만 쉽지 않을 거다.

겉에 드러난 이야기는 간단하다. 조선 건국 초에는 법 기강이
느슨해서 양반들이 나라의 공적 물건을 제 것처럼 가져다가 사용
했는데, 세조 때 법률을 정비해서 기강을 바로 세웠다는 내용이다.

그런데 알쏭달쏭한 퀴즈가 숨어 있다. 기강이 없던 세종 때는
공물을 마음대로 가져다가 허비했는데도 공용으로 쓸 때 궁색하
지 않았지만, 기강을 세운 세조 때는 공물을 마음대로 가져가지
못했는데도 공용으로 쓸 물건이 부족했다는 설명이다. 그러고는
두 번씩이나 "어떻게 그렇게 된 것인지 알 수가 없다"라며 의뭉을
떤다. 그 이유를 알면서도 모르겠다고 시치미를 떼는 것이다.

일단 법이 정비된 세조 때 상황은 언뜻 이해가 될 듯도 하다. 법 기강을 세웠지만 그동안 훔쳐 가던 타성에 젖어 있어 여전히 공물에 누수가 생기는 거다. 그래서 공적 행사에 물건이 부족한 것이라고 풀어볼 수 있다. 하지만 이것으론 기강이 물렁물렁하던 세종 때 어떻게 더 풍족했는지가 설명되지 않는다.

세종과 세조 때 일이 수수께끼처럼 빙글빙글 돈다.

해답의 실마리는 맨 앞에 적힌 뜬금없어 보이던 태종 때 일화에 숨겨 있다.

역시 겉으로 드러난 내용은 간단하다. 양반들이 음식을 가지고 궁궐의 승정원을 찾아가다가 태종을 만났다는 짧은 내용이다. 양반들이 태종을 몰라본 것은 왕이 사냥을 다녀오던 터라 왕복 대신 평복을 입고 있었기 때문이다. 임금이 텔레비전에 나오는 시절이 아니니 왕을 직접 뵙는 고위 관리가 아니면 왕을 알아보기 어렵다. 사실 이 양반들이 승정원이 어디냐고 묻는 것만 봐도 벼슬아치가 아닌 게 분명하다. 매일 출근하는 관리라면 궐내 음식을 전담하는 승정원의 위치를 모를 리 없다.

그런데 이런 한 무리의 양반들이 궁궐로 가려 하는데 태종은 길을 가르쳐주고 흔쾌히 웃기까지 했다. 좀 이상하다. 태종이 누구인가? 집권하기 위해 피바람을 불러일으킨 임금이 아니던가.

자기 왕위를 위해 반대파들을 몽땅 숙청했던 자인 만큼 이런 양반들이 무슨 속셈으로 궁궐 위치를 묻는지 의심이라도 해야 정상이 아닐까? 그런데도 웃으며 그 위치를 가르쳐줬다.

해답의 실마리로 제시한 태종 일화도 수수께끼 같지만, 몇 가지 단서가 있다. 벼슬하지 않은 양반들이라는 것, 음식을 해서 궁궐 일을 맡은 승정원으로 향하고 있었다는 것, 태종은 그걸 흔쾌히 바라봤다는 것 등이다.

이 단서를 염두에 두고 〈세종에서 세조로〉 이야기를 다시 읽으면 답이 보인다. 눈치 빠르면 찾을 수도 있다.

그래도 여전히 나처럼 까무룩한 사람들이 더 많을 거라고 생각했는지, 글쓴이 성현이 대놓고 힌트를 준다. 〈세종에서 세조로〉 다음에 바로 이어 〈연산군 때 철원〉 이야기를 한다.

철원은 옛날 동주 벌판인데 짐승들 소굴이라 부를 정도로 짐승이 많았다.
세종께서 자주 이곳에서 사냥을 하셨는데, 잡은 짐승이 무수히 많아 예빈시에서 쓸 만큼을 충당하고도 넘쳐 주위 대신들에게 하사하신 것도 무척 많았다. 그래서 초하루와 보름 제사에 쓰는 고기는 철원에서 잡은 것만 써도 넉넉했다.

지금은 철원 벌판이 대부분 경작지가 되어 짐승이 줄어들었다. 그래서 고을에서 사냥하는 데 어려움을 겪고 있다. 짐승을 잡지 못하면 마음이 불안하고 다급해져 잠자고 먹을 겨를도 없을 지경이다. 위아래 모든 관리들과 백성들이 수풀까지 뒤져 짐승을 잡고 나서야 겨우 벌을 면하는 상황이다.

그런데도 지금까지 진상하는 것을 폐하지 않은 것은 그래도 이곳이 다른 곳보다 낫기 때문이다.

글쓴이 성현은 세조 때 관직을 시작해서 성종, 연산군 때까지 활동했고, 이 《용재총화》의 글들은 연산군 때 지었다. 그가 죽은 후에 일어난 갑자사화(甲子士禍)로 그는 부관참시(剖棺斬屍)를 당했다. 죽은 자의 관 뚜껑을 열고 시신의 목을 베는 짓까지 서슴지 않은 연산군인데, 만약 그가 살아 있었다면 어찌했겠는가? 말할 필요도 없다.

연산군이 어떤 왕이고 당시 분위기가 어떤지 너무나도 잘 아는 성현은 글을 함부로 쓸 수 없었다. 그래서 이렇게 쓸 수밖에 없었다. 수수께끼 퍼즐을 툭툭 던져놓듯이 하는 것이 최선이었다. 알아들을 수 있는 사람은 알아들으라는 절박한 마음이었다.

이때가 연산군 때라는 것을 유념하면, 세종 때 넘치던 사냥감이 줄어든 이유가 단지 경작지가 넓어지면서 산림이 줄어들었기 때문이라고 말하는 것이 아님을 눈치챌 수 있다.

그 사이 무슨 일이 있었겠는가? 당신이 짐작하는 그 일이다. 연산군의 폭정 말이다. 글의 겉뜻은 '경작지가 줄어들어 짐승이 부족하다'이지만, 속뜻은 '전대에 비해 더 많은 짐승을 요구해서 죽을 지경이다'라는 것이다. 세종 때 10마리를 바치라고 했다면 연산군 때는 50마리를 바치라고 했단 소리다. 흥청망청 놀려고 백성들을 쥐어짰단 소리다.

세종에서 연산군 때로 넘어오면서 어떤 일이 벌어졌는지를 알았다면, 그럼 이제 세종에서 세조 때로 넘어오면서 생긴 기이한 현상의 이유를 알겠는가?

정답은 아량(雅量)과 염치(廉恥)다.

아량을 베풀고
염치를 알고

세종은 바보가 아니었다. 양반들이 공물을 맘대로 가져가는 것을 모르는 장님이 아니었다. 그러나 내버려 두었다. 그들이 가져갈 수밖에 없는 이유가 있기 때문이다. 신하들이 탐욕스러워 더 많이 움켜쥐려 한 것이 아니라, 건국한 나라의 참담한 재정 상태에도 불구하고 함께 일하는 사람들이기 때문이었다.

그렇다. 핵심은 열악한 국가 재정이다.

세종도 더 많은 녹(祿)을 주고 싶지만 그럴 수 없었다. 없으니 말이다. 나라 재정이 부족했다. 그렇다고 꼭 필요한 관직을 빈자리로 둘 수는 없다. 돈이 없다고 궁궐 수문장을 임명하지 않을 수는 없는 노릇 아닌가. 정승 판서만 있다고 나라가 돌아가는 것이 아니지 않은가 말이다.

사냥해서 남은 짐승들을 대신들에게 나눠준 것은 단순한 시혜가 아닌 실질적 구제책이기도 했다. 월급을 많이 주지 못하는 대신 사냥한 짐승들을 나눠준 것이다. 그리고 공물을 가져가는 것도 짐짓 눈감아준 것이다.

그런데 그렇게 나라 공물을 가져간 대신들은 어떻게 행동했을까? 어떻게 했기에 국가 행사에 쓸 물건들이 부족하지 않았을까?

그랬다. 그들은 자기 집에 있는 물건들을 들고 왔다. 그것을 국가 일에 사용했다. 음식을 만들어서 승정원을 찾던 양반 무리를 보고 태종이 껄껄 웃으며 가르쳐준 이유가 바로 이 때문이다.

"급하니까 우선 내 것을 쓰자."

"나중에 다시 가져가면 되지."

"원래 여기서 가져온 것이잖아. 잠시 내가 가져다 쓴 거니 원래

대로 가져다 놓자."

　국가 재정은 어렵지만 이렇게 한 숟가락씩 도와주겠다고 자발적으로 나서는 자들이 이리 많은데 임금이 무슨 걱정을 하겠는가. 웃으며 "저쪽으로 가면 승지들이 있는 승정원이라네"라고 말할 뿐이다. 일제강점기 국채보상운동이나 IMF 시절 금 모으기 운동 등이 이런 것이었다.
　이들은 왜 자신의 것을 기꺼이 들고 나왔을까?
　자신들이 나라의 아량으로 은혜를 받았다고 생각했기 때문이다. 그래서 이들은 나라에 일이 있을 때마다 자발적으로 나섰다. 이해타산이나 할당량 채우기가 아니었다. 이들은 염치가 있었던 것이다. 이러니 어찌 부족함이 있겠는가.

　그러나 이 모든 것을 법으로 기강을 세웠던 세조 때는 그러지 못했다.

　"내 건데 왜 가져다 놓아? 바보냐?"
　"내 것을 여기다 가져다 놓으면 사라지는 거 아냐. 말도 안 되는 소리 마."

법은 필요하다. 없으면 안 된다. 규정은 옳다. 국가 공물을 마음대로 쓰면 안 된다. 그건 더 말할 필요도 없다. 하지만 일한 만큼 제대로 주지도 못하는 현실은 전혀 고려하지 않은 강퍅한 조치였다.

먹고살기도 퍽퍽한데 어떻게 자기 것을 가져다가 나랏일에 쓰겠는가. 그렇게 쓰면 당연한 줄로 알고 계속 더 내라고 할 자가 지금 임금 세조 아닌가 말이다. 조카 단종을 몰아내고 왕이 될 때 했던 일만 봐도 능히 짐작된다.

이러니 세조 때는 늘 부족할 수밖에 없었다. 본래 풍부했던 공물이 사라져서가 아니라 애초부터 부족했던 공물에 보태진 것이 없기 때문이다.

'가진 자' 세조는 아량이 없었다. 그러니 어디서 염치를 찾는단 말인가.

그래도 그나마 세조 때는 나았다. 이 글을 쓴 연산군 때는 있지도 않은 짐승을 잡으려고 난리를 피워야 했다. 관리든 백성이든 할당량을 채우지 않으면 경을 칠 일이었다. 아량은커녕 당장 목을 졸라대는 거였다.

염치? 대체 무슨 소리를 하시는 건가?

글쓴이는 이런 말을 대놓고 할 수 없었다. 가진 자가 아량을 베풀어야 한다는 지극히 당연한 양반 사대부의 가치를 말하는 것도 창피하지만, 위에서부터 베풀어야 할 임금이 지금 난봉꾼이 됐으니 입조심해야 한다. 황음무도함에 콤플렉스 덩어리일수록 자잘한 것에까지 발끈해버리니 말이다.

성현은 사냥감이 줄어든 철원 지방 백성들의 고통에 마음이 무거웠다. 세종의 아량이 없는 당대 현실을 비통해했다. 차라리 세조 때처럼 법이라도 지켜졌으면 싶었다.

경작지가 줄어들어 턱없이 부족한 짐승 수에도 진상을 줄이지 못한 이유가 '그래도 다른 곳보다 철원 지방이 낫기 때문'이란 말의 무게를 한번 가늠해보시라. 그의 탄식 소리가 들려오지 않는가.

법과
공공재의 비극

이야기 하나.

잘 아는 친구들과 중국집에 가서 짜장과 짬뽕을 시키고, 함께 먹자고 탕수육 큰 것을 시킨다. 짓궂은 이 녀석들은 제 앞의 짜장은 뒷전으로 밀어두고 가운데 놓인 탕수육부터 끝장을 낼 요량으로 달려든다. 장난이지만 아주 심각한 표정으로 나를 놀린다.

"얀마, 빨리 먹어. 조금 있으면 아주 없어진다고."

짜장은 어쨌거나 제 몫이고 탕수육은 모두의 것이니 그것부터 먹어 치운다. 늘 말하는 '공공재의 비극'이다. 모두의 것이지만, 모두의 것이기에 쉽게 사라지고 소모된다.

이때 필요한 것이 무엇일까? 각자 먹을 탕수육을 미리 정해서 나눌까? 법으로? 참 정 없는 풍경이다. 그것도 하나의 방법이기는 하지만, 그럴 거면 함께 모여 밥을 먹을 필요도 없다. 친구라고 할 것도 없고.

강남에 아파트가 세워질 때부터 지금까지, 똑똑한 어떤 이들은 "아파트는 자산 가치가 없으니 일반주택이 낫다"라고 말했다. 그러면서 미국 아파트들을 보라고 했다. 더러워지고 슬럼화되어 자산가치가 폭락하는 것을 근거로 들며 말이다. 하지만 이상하게도 우리나라 아파트는 가격이 계속 올랐다. 미국과 달리. 미국은 땅이 넓고 우리는 좁아서 그런 걸까? 아니다.

이유는 단순하다. 미국 아파트는 공공재로 인식됐지만, 우리 아파트는 각자의 자산으로 인식됐기 때문이다. 자기 편한 대로 멋대로 쓰다가 훌쩍 떠나버리면 그만이라고 여기는 미국인들과 달리, 우리는 내 것이니 열심히 닦고 칠하고 관리해야 한다고 여겼다. 미국 아파트는 탕수육이고, 우리 아파트는 짜장·짬뽕이었다.

이야기 둘.

어릴 적 초등학교에는 에어컨이 없었다. 선풍기도 없었다. 이상한 것은 6학년 어떤 반 어머니회에서 돈을 모아 그 반에 선풍기를 단 일이었다. 그때는 도무지 이해할 수 없었다.

'중학교 갈 때 저걸 떼어가나?'

물론 그러지 않았다. 그 반 벽에 그대로 붙어 있었고, 난 6학년이 될 때 그 옆 반에 배정됐다. 1년 내내 선풍기 있는 반이 부러웠다.

한여름 열어놓은 창문을 통해 뜨거운 바람이라도 들어오는 것에 감지덕지해야 할 때마다, '작년 이 반의 어머니회는 대체 왜 선풍기를 달지 않았단 말인가?'를 곱씹었다. 물론 가난해서였다. 옆 반보다 말이다.

그렇다. 난 내지도 않고 누릴 생각이었다. 그때는 코흘리개 철부지였기에 그랬다지만, 솔직히 말해 지금도 크게 다르진 않다. 그렇다. 난 염치가 없다.

법은 정비되어야 하고 지켜져야만 한다. 그래야 법이다. 하지만 법이 있는 이유는 사람이 행복하게 살기 위해서다. 그런데 법이 삶보다 앞서 나선다면, 우리 모든 것을 재단하고 규정한다면, 그건 법이 아니라 감옥이다. 법은 최소한이다. 그래야만 한다.

아량과 염치의 예의가 있던 세종 때와 달리, 기강을 세웠다는 세조 때는 삶이 더 퍽퍽했다. 포용도 없고 아량도 없는 곳에는 겉으로 형식만 차리는 어설픈 도덕군자들이 득세할 수밖에 없다. 침침하고 습한 곳에 바퀴벌레들이 득실거리듯 말이다. 바퀴벌레의 먼 선조 격인 삼엽충이 살던 고생대에는 인간이 없었단다. 침침하고 습하고 무엇보다 바퀴벌레 조상이 싫어서 그랬을 거다.

인간은 AI가 아니다. 법이 바뀐다고 해서 사고방식과 문화 현상이 하루아침에 뒤집히진 않는다. 이념과 이상으로만 세상을 다스리면 늘 문제가 생긴다. 현실과 동떨어진 이상의 드높은 기치가 자괴감과 열패감에 빠지게 한다. 그런 곳에서 어찌 살 수 있단 말인가. 지극히 높고 훌륭하신 양반님들이나 사시는 거지. 끼리끼리 비슷한 삼엽충과 함께.

준 것도 없으면서 쥐어짜기만 했던 세조는 참 갑갑한 분이다. 이념이 틀린 것이 아니라 현실이 죽어도 따라갈 수 없는 이념을 우겨대서 허울뿐인 가짜 양반들을 왕창 만들어냈으니 말이다. 도적질을 하고도 그것이 본래 양반들 것이라는 괴상망측한 소리나 하고, 백성들을 들기름 짜듯 하면서 더 힘을 내란 가학적 소리나 지껄이는 정신병자들이 정치를 하게 했으니 나라 꼴이 어찌 되겠는가.

세종 때는 가진 자는 아량을 베풀었고, 받는 자는 염치가 있었다. 그래서 한정 없이 사라지지 않았고, 때가 되면 충당됐다.

세조 때는 가진 자는 아량을 베풀지 않았고, 받는 자는 염치를 돌아볼 여유가 없었다. 서로 제 잇속 차리기에만 급급했다. 어느 순간 탕수육이 사라진 것처럼 텅텅 빈 창고를 바라보며 한숨만 쉴 뿐이었다.

아량은 넉넉한 자가 베푸는 것이다. 재물이 아니라 마음이 넉넉한 자 말이다. 그들은 딱히 계산하지 않는다. 그냥 교실에 선풍기를 달아주고 예쁜 커튼도 달아줄 뿐이다. 그걸 누가 누릴지는 크게 따지지 않는다. 내 자식이 행복한 교실에 있었던 것처럼 다른 학생들도 그러면 좋을 거라고 생각할 뿐이다.

염치란 마땅히 받을 거라고 생각하지 않는 것이다. 그래서 그 고마움을 아는 것이다. 고마움을 모르는 채 뻔뻔하게 손을 내밀고 달라는 것은 국가 재물을 도적질하는 것이다.

아량과 염치는 벼리[綱]가 되어야 한다.

서로 긴밀하게 버티도록 깊이 매여 있는 그물의 핵심 코, 벼리처럼 되어야 한다. 하나만 있고 하나가 없으면 아무리 좋은 그물도 풀어져 버린다. 못쓰게 된다. 벼리가 있어 꼭 둘이 함께 꽉 묶여야 단단해진다. 벼리란 그런 것이다.

아량과 염치는 닭과 달걀이다. 뭐가 먼저인지 모르나 서로가 먼저여야 하는 관계다.

혹시 자신이 '가진 자'란 생각이 드시는가? 그러면 아량이 먼저

다. 지치고 힘겨우신가? 그렇다면 염치를 지키시라.

가지고도 아량 없이 염치를 요구하는 것을 착취라고 하고, 받은 아량에도 염치가 없는 것을 인간 같지 않다고 말한다. 아량만 있어서는 우스운 꼴이 되고, 염치만 있어서는 어리석은 복종이 된다.

마음이 옳지 못한 사람은 아량도 없고 염치도 없다. 돈이 많고 벼슬이 높아도 소용없다. 가슴속 깊이 휑한 바람이 시리도록 사무친다.

복?

스스로 생각해보라. 복 받을 만한지 말이다.

아니다. 이제껏 잘못 말했다. 복은 받는 것이 아닌 것 같다. 복은 만드는 것 같다. 아량을 베풀 수 있으니 복된 것이고, 염치를 지킬 수 있으니 또한 복된 것을 알고 복을 만들어내는 것이다. 아량과 염치가 끊임없이 우리 사이를 오가며 복이 만들어지는 것이다. 그렇게 복이 이 세상에 퍼져나가는 것이다.

복은 만드는 것이다. 아량과 염치를 지닌 훌륭한 분들이 만들어내는, 벼리가 튼튼한 촘촘한 그물이다. 이 세상을 떠받치는 든든한 안전망이다. 복은 그런 것이다.

옹졸하면 귀신이 찾아온다

5관

─ 소신과 고집 사이 ─

〈옹고집전〉

아쉽다고, 아깝다고, 남들이 몰라준다고,
마음이 다칠 일이 생겨도 옹졸해지면 안 된다.
당당하게 옹골차게 뚜벅뚜벅 당신의 길을 가시라.

내 것인 듯
내 것 아닌 너

분명 내 것이다. 그런데 남들이 더 많이 쓰는 게 있다. 화낼 필요는 없다. 본래 나보단 남을 위해 있는 거니까. 그런 게 둘 있다. 얼굴과 이름이다.

확실히 얼굴은 그렇다. 내 얼굴을 나보다 남들이 더 많이 본다. 내가 거울을 본다고 해도 하루 중 얼마나 보겠는가. 셀카를 찍어 올리는 것도 남들 보라는 거다. 본래 얼굴은 다른 사람들이 보고 '나'인 줄 알라고 있는 것이니, 내 것이긴 해도 남들에게 더 쓸모가 있다.

이름도 그렇다. 남들이 나를 구분할 때 필요하다. 내 이름이 어떻든 나는 상관없다. 뭐라 불리든 그냥 나니까. 그런데 나도 내 이름을 꽤 사용한다. 보통은 서명할 때나 썼는데 요즘엔 휴대전화 번호, 메일 주소, ID 등 나만 쓰는 이름도 많아졌다.

그러니 얼굴과 이름 중에 더 중요한 건 얼굴인 것 같다. 얼굴이 바뀌면 완전히 다른 사람처럼 되니 말이다. 세상 어디엔가 나랑 똑같이 생긴 도플갱어(Doppelganger)가 있다는데, 당연히 만나고 싶진 않다. 그가 나 대신 내 노릇을 하면 복잡할 뿐만 아니라 복장이 터질 테니 말이다. 내가 그동안 쌓아 올린 것들을 단숨에 호로록 마셔버릴 것 아닌가.

〈옹고집전〉이 바로 그 이야기다.

옛이야기 중에 유명한 '옹' 씨가 둘 있는데, 변강쇠의 짝꿍 '옹녀'와 그야말로 한 고집 하시는 '옹고집'이다. 실제 옹 씨 분들이 그런 건 아니지만, 이야기에서 굳이 '옹' 씨를 택한 것은 꽉 조여주는 느낌을 강조하려 한 거다.

그야말로 옹고집은 '옹'하면서도 '고집'인 사람이다. 이름만으로도 이 양반이 얼마나 막강한 언터처블 벽창호인지 느낌이 짱짱하게 온다. 그는 자신이 일단 맞는다고 생각하고 거기 꽂히면 목을 잘라도 수긍하지 않을 사람이다.

소신과 주관을 넘어 완전히 똥고집이 된 사람, 그가 바로 옹고집이다.

이야기는 간단하다. 옹고집은 부자인데 인색했다. 소문을 들은 도승 학대사가 그의 집에 찾아와 시주를 받으려다가 봉변을 당한다. 도저히 답이 없겠다 싶어진 학대사는 도술로 가짜 옹고집을 만든다. 허수아비로 도플갱어를 만들어 그의 집으로 보내버린다.

난리가 난다. 누가 진짜인지를 놓고 온 집안이 부산을 떨다 못해 결국 사또가 판결을 내린다. 집안 종들과 아들·며느리도 구별 못 하고 부인도 몰라보는데 사또라고 무슨 뾰족한 수가 있겠는가. 그냥 대충 때려잡는다. 그렇게 진짜를 가짜라며 곤장을 늘씬하게 때려 쫓아낸다. 결론은 우리가 잘 안다. 자기 잘못을 뉘우친 옹고집이 학대사의 도움을 받아 집으로 돌아오고, 가짜 옹고집은 원래대로 지푸라기 허수아비가 된다.

이야기는 간단한데 내용은 찜찜하다. 무엇보다 학대사가 가짜 도플갱어를 만든 것이 이상하다. 옹고집을 혼내주려 한다면 다른 방법도 있을 텐데 군이 가짜를 만들어 한바탕 소란을 피우게 하다니, 좀 수상쩍다.

옛이야기에 등장하는 그 많고 많은 나쁜 부자들은 죄다 혼쭐이 났다. 단단히 징치되다 못해 심하면 죽기도 했다. 〈흥부전〉의 놀부는 곤욕을 치르느라 죽다 살아났고, 〈장자못 전설〉의 부자는 벼락을 맞아 집이 연못으로 변할 때 빠져나오지 못했다. 그야말로 끝장이 났다. 둘 다 질 나쁜 부자였으니 그럴 만도 하다 싶다.

옹고집은 그들에게 조금도 뒤지지 않는다. 심지어 함께 사는 부모와 장모의 식사도 아까워 제대로 차리지 않았다.

엥? 옹고집이 더 나쁜 거 아냐?

그렇다. 아주 저질이다. 재물이 없는 것도 아니면서 하는 짓은 고약하다 못해 인류를 배반한 수준이다. 그런데도 옹고집은 도플갱어 가짜에게 시달리는 정도(?)로 곤욕을 당하다가 뉘우치고 다시 제자리로 돌아간다. 벼락 맞아 죽은 부자도 있는데 말이다.

여기에 〈옹고집전〉의 핵심이 숨어 있다. 정답은 옹고집이 뉘우친 것의 실체가 뭐냐에 있다. 그러니까, 옹고집은 대체 뭘 잘못했다고 후회하고 뉘우쳤느냐는 거다.

이야기를 잠시 떠올려보라. 옹고집의 입장이 되어보면, 답이 얼핏얼핏 보인다.

'나를 종들도 아들도 며느리도 몰라봤다. 심지어 부인조차 나를 못 알아봤다. 아니 왜?'

한 걸음 더 나가면 이렇다.

'그래 좋다. 잘못 알아봤다 치자. 그런데 분명 눈앞에 똑같이 생긴 두 명이 있었잖아. 그걸 제대로 구별 못 했잖아. 그런데 사또 결정을 그리 쉽게 따르다니? 가짜일 수도 있단 생각은 손톱만큼도 안 하는 거야? 아니 대체 왜?'

분명 이런 생각도 들었을 거다.

'지금 가짜는 나 대신 잘 먹고 잘 살겠지…'

그리고 마침내 결론에 도달했다.

'세상은 나 없이도 잘 돌아가는구나.'

그렇다. 옹고집은 깨달았다. '나 아니면 안 돼!'라고 꽉 믿고 있던 관념이 '고집'임을 비로소 깨달았다. 자기 없이도, 아니 슬프지만 자기가 없어서 더 집안이 잘 돌아간다는 것을 알았다. 희희낙락 즐겁게 무지무지 신나게. 나만 빼놓고 말이다.

인정하고 싶지 않지만 그게 냉정한 현실이었다. 옹고집은 알았다. 자신이 '옹'졸한 '고집'쟁이임을.

옹골참과 옹졸함은 종이 한 장 차이다

있는 곳이 대학이다 보니 종종 보는 풍경이 있다. 정년을 앞두고 아쉬움과 서글픔에 젖지 않는 분들은 없으나, 그 결이 사뭇 다르다. 어떤 분들은 자신이 쥐고 있던 것을 놓기가 아까워 어떻게든 더 늘여 끝까지 움켜쥐려 한다. 하지만 많은 분은 다들 이제 때가 됐다며 시원섭섭하면서도 홀가분한 미소를 지으신다.

더 움켜쥐려는 분들과 홀가분하다고 미소 짓는 분들의 결정적 차이는 하나다. 내가 누리고 있던 것을 당연하다고 생각하느냐, 아니면 분에 넘치는 일을 맡겨주어 고맙다고 여기느냐다.

옹골차게 살았다면 옹졸하게 굴지 않을 테지만, 알차고 충실하게 지내지 못했다면 옹졸하게 더 잡으려 할 것이다.

어떤 경우든 마지막 시간은 온다. 누구에게나 공평하게 어김없이 냉정하게 다가온다. 더 쥐고 싶어도 뺏기고, 홀가분하게 생각해도 더 맡기지 않는다.

삶과 죽음을 앞에 놓고 보면 인생도 퍽 공평한 것 같다.

도플갱어를 만들었던 학대사는 옹고집을 징치하고 제거하는 대신 깨우치기를 기다렸다. 자기 존재의 본질을 똑바로 보고 알기를 바랐다.

벼락을 내려 죽이지 않고 가짜를 만들어 '네가 아니어도 돼'라는 것을 깨닫게 하고, '네가 가진 것이 당연한 것이 아냐'를 통해 '네가 가진 것에 감사하기를 바란다'고 한 이유는, 옹고집이 악질은 아니기 때문이다.

옹고집을 위한 변명이다.

왜 그는 부자이면서도 주변에 인색했을까? 왜 부모와 장모가 먹는 것조차 아까워했을까? 그건 그의 이름이 '옹고집'인 것에 담겨 있다.

그는 옹졸했던 거다. 마음이 좁아졌던 거다. 남들이 행복하게 먹는 것을 보고 즐거워하기보다는 그것이 못마땅했던 거다. 그렇게 속이 코딱지만 해진 이유는 그의 마음이 어디선가 다쳤기 때문이다.

속 좁은 사람을 보고 우린 돌려세우기를 좋아한다. 그냥 편하게 아무 말이나 하기를 좋아한다. 하지만 처음부터 속 좁은 사람은 없다. 속은 넓어지기도 하고 좁아지기도 한다. 쓰기 나름이다.

그런데 그는 어떤 일로 속이 좁아진 것이고, 계속 좁아지는 쪽으로 옹졸하게 마음을 쓴 것이다. 점점 옹크려 들어 제 마음을 스스로 꽉 조여 옹고집이 된 것이다.

분명 옹고집도 처음부터 그러진 않았을 거다. 부자이기에 추수를 끝낸 후에는 마을 사람들이나 종들에게 조촐한 잔치를 열어줬을 거다. 누구 초상이 나거나 혼례를 치를 때면 선뜻 도와도 주고, 자기 생일이나 집안 제사 때는 아들들을 보내 "오늘 아침은 저희 집에 오셔서 식사하세요"라고 했을 거다. 그게 당대 사람들의 자연스러운 심성이고 당대를 살던 지역 유지로서 할 일이었다. 옹고집도 그리했을 거다. 자기 혼자 열 끼를 먹을 수도 없고 자기 혼자

비단옷 열 벌을 껴입을 수도 없는 노릇이니 말이다.

그런데 옹고집은 마음을 다쳤다. 다쳐서 닫혔다. 좁아지다 못해 나중엔 누군가가 먹는 것만 봐도 밉살스러운 맘이 불끈 일었다. 그래서 부모, 장모가 먹는 것도 미워졌던 거다.

"아니, 잔치라면서 차린 게 왜 이래?"
"부잣집에서 쇠고기도 안 굽고 고작 돼지를 잡아?"
"녹두전도 벌써 떨어졌다는대요. 지금 다시 부친대요"
"거참, 먹다가 그냥 가란 거야 뭐야."
"암튼 있는 집이 더 해요."

어쩜 이런 말이었을지도 모른다.

'아이고, 부자 되더니 좀 살 만한가 보지.'
'옛날 함께 도랑 치고 가재 잡더니 이젠 어엿한 체하네.'
'참 오래 살고 볼 일이야.'

대충 이런 말이 그의 마음을 꽉 조이게 했다. 다치고 닫히게 했다. 예전 자신의 모습이 어땠는지 생각도 나지 않을 정도로 꽁해졌다. 마음을 묶어버렸다.

물론 이런 말에도 허허 웃으며 훌훌 털어버리는 사람도 있다. 하지만 자기 본심을 몰라준다며 속으로 꽁한 마음이 사라지지 않는 사람도 있다.

맞다. 다른 사람들이 말을 가려 했어야 했다. 하지만 별생각 없이 한 소리다. 악의에 찬 말이 아니다. 해코지하고 괴롭히려 한 말과는 구분해야 한다. 알면서 속 좁게 받아들이면 안 된다. 자신은 마을 어른 아닌가 말이다. 좀스러운 말에 의젓하고 의연하게 웃어야 하지 않는가 말이다.

문제는 자신에게 있다. 속 좁으면 안 된다. 좁아지려 하면 스스로 넓혀야 한다. 누군가가 내 사랑하는 마음 밭에 돌멩이를 던지고 가시덤불을 흩어놓으면 그냥 보고만 있어선 안 된다. 뭣도 모르고 돌멩이 던지는 멍청이들은 무시해라. 어디든 좀스러운 얼간이는 늘 있으니 그들과 대거리하지 말고, 사랑하는 마음 밭에 흐트러진 돌멩이를 걷어내고 가시덤불을 뽑아내라.

그냥 두면 옹졸해진다. 그냥 두면 옹고집이 된다.

학대사는 알았다. 도승이니 수리수리 마수리 하며 옹고집이 왜 저렇게 옹졸해졌는지 대번 알았다. 옹고집이 장모를 박대한 것은 나쁜 짓이다. 자신이 옹졸해진 이유가 주변의 무신경한 사람들에게 있다고 아무리 항변하더라도, 그건 나쁜 짓이다. 옹졸한 당신이 그 무신경한 사람들처럼 주변에 화염방사기를 쏘아대며 죄다 쓰러뜨리고 있기에 나쁜 것이다.

이 모든 것을 아는 학대사는 그래서 도플갱어를 만들었다. 옹고집이 자신을 돌아보게 했다. 자기 존재의 의미를 깨닫게 했다.

그래서 옹고집은 깨달았다. 자신이 옹졸했음을, 이것을 벗어나려면 좁아진 자기 마음을 스스로 넓혀야 함을 알았다. 사랑하는 내 마음 밭에 널브러진 쓰레기를 치우고 돌멩이를 들어내고 가시들도 뽑아내야 한다는 것을 깨달았다.

공자님은
'꼰대'가 아니었다

공자님이 여러 말씀을 하셨는데, 지금도 종종 쓰이는 건 나이에 관련된 말이다. 그러니까 "내가 벌써 불혹(不惑)이야"라고 말하면 40세가 됐단 뜻이다. 공자님 말씀을 딴 나이가 이것만은 아니지만, 40이 가장 멋스럽게 들리는 건 아마도 그 나이 즈음 되면 어느 정도 연륜도 생기고 젊은 치기도 조금 벗어날 듯해서가 아닌가 싶다. 정말 40에는 '어떤 유혹에도 흔들리지 않는' 소신이 생길 것 같다.

그런데 여기에 함정이 있다. 우리는 공자가 아니란 거다. 공자님 발가락 끝을 붙잡기도 힘든 수준이란 거다. 공자님은 40에 어떤 유혹에도 흔들리지 않는 중심이 생기셨겠지만, 우린 그냥 고집만 세질 뿐이다. 차라리 50이나 60이면 힘이 달려 그렇게까지 하지 못할 것도 40세에는 그냥 해치워버린다. 온 힘을 짜내 거침없이 과감하게.

"내 생각이 맞아, 내가 해봐서 잘 알아, 내 방법이 가장 좋다고, 내 말 들어."

40이면 치기는 벗어났고 연륜도 생길 법하지만, 종종 어설픈 경험과 덜 익은 판단으로 밀어붙인다. 이런 걸 똥고집이라고 한다.

왜 부하직원들이 함께 밥을 먹으려 하지 않는지 곰곰이 생각해보라. 내가 몇 마디 하면 왜 다들 일 있다며 슬금슬금 내빼는지도.

차라리, 당신이 크게 잘못된 인간이라면 답은 쉽다. 그냥 당신을 골라내면 된다. 그만두라고 하면 된다. 그런데 문제는 당신이 그렇게 나쁜 건 아니란 거다. 의도가 선하지 않은 것도 아니다. 단지 자기 소신을 확대해서 확신으로 똘똘 휘감고 주변에 의견을 강요하는 것뿐이다.

사실 가끔은 당신 말이 맞기도 하다. 당신 방법대로 해서 일이 해결되는 경우도 분명 있다. 어떨 때는 당신이 일부러 입을 다물기도 한다. 끝까지 이를 악물고 의견을 내지 않기도 한다. 그러면 "우리 부장님은 왜 우리에게 다 맡겨놓고 가만히 계시는 거지?"

나, "리더는 소신을 가지고 이끌어야 하는 거 아냐?", "아무 말도 안 하면 대체 우리보고 어쩌란 거야"와 비슷한 소리가 돌고 돌아 당신 귀에 들어온다.

이러니 난감할 수밖에. 대체 어쩌란 건지. '소신'은 뭐고 '고집' 은 또 뭔지. 둘은 뭐가 그리 다른 건지.

사실 공자님의 '불혹'은 꼭 40대만의 이야기가 아니다. 어린 꼰 대들도 적지 않다. 나이 문제가 아니라 마음가짐 문제다.

그러니 해법도 마음가짐에 있다. 마음을 편히 가져라, 나만 옳 다고 생각하지 마라, 남의 이야기도 들을 줄 알아라 같은 말은 진 실이지만 소용이 없다. 그런 마음이 안 되어 난리인 거니까. 수영 을 배운 적도 없는 사람이 물에 빠졌는데 "헤엄쳐 나와"라는 말은 그냥 젠체하는 잔소리다. 차라리 튜브를 던져주며 "그거 잡아"가 더 고맙다.

그걸 잡으시라. 물론 정답은 공자님 말씀이지만, 헤엄칠 줄 모르 니 우선은 그걸 잡으시라. 그리고 인생의 격랑에서 빠져나오시라.

당신이 붙잡을 것은 '당신의 필살기'다. 당신만의 당신다움이 무엇이냐를 찾아 그것을 내놓으시라.

당신에겐 필살기가 필요하다. 〈생활의 달인〉에 나오는 그 무수 한 분들이 진짜 달인인 이유는 자신만의 그 무엇이 있기 때문이다. 똑같아 보이는데, 언뜻 보면 다를 것 없는데 그가 하면 뭔가 다르다. 다른 그 무엇이 바로 당신다움이 된다. 같아 보이지만 절대 같지 않은 그 무엇이 된다.

옹고집에겐 그게 없었다. 종들이 뚫어지게 살펴보고 아들이, 며느리가, 부인이 애를 쓰며 구별하려 해도 못 했다. 가짜와 다를 것이 하나도 없었기 때문이다. 가짜와 구별이 안 되는 그는 대체 어떤 삶을 살아온 것일까. 잔뜩 웅크리고 앉아 남들 탓만 한 것일까. 그렇게 허송세월만 한 것일까.

옹고집에겐 필살기가 없었다. 자기만의 자기다운 핵심이 없었다. 그게 도플갱어에게 당한 이유다. 자기가 없어도 집안이 희희낙락 잘 돌아간 이유다.

당신의 필살기는 무엇인가? 남들과 다른 당신만의 필살기는 무엇인가?

커피를 자주 사시는가? 남들보다 먼저 인사하시는가? 신발 정리를 하시는 것이 당신인가? 그도 아님 자주 웃기라도 하시는가? 남들이 떠올리는 당신은 어떤 모습인가?

혹시 텅 빈 허공처럼 아무것도 안 잡힌다면, 손에 쥔 모래처럼 모두 빠져나가 아무것도 안 남는다면, 정말 곤란하다. 도플갱어가 찾아온다.

당신의 필살기를 준비하시라. 그리고 부하들이 뭐라 하든, 주변이 뭐라 하든, 별로 듣고 싶지 않아 하든 말든 당신은 당신다운 그것을 한번 하시라. 그리고 기다리시라.

어떤 일이 있어도 당신은 절대 가짜와 똑같지 않을 거다. 아무도 당신을 주목하지 않아도 걱정 마시라. 당신은 당신이다. 누구도 대체하지 못할 귀중한 존재다.

옹고집을 떠올리시라. 옹졸해지지 말고 옹골차게 사시라. 당신의 필살기를 갈고닦으시라.

살다 보면 인생에 때가 묻는다. 먼지가 앉는다. 때론 아무 생각 없이 돌멩이를 던지는 사람들도 만나게 된다. 그렇다고 옹졸해지면 나만 손해다. 옹고집이 되면 나만 억울하다.

내게 주어진 것이 꼭 내가 아니어도 된다는 것을 안다. 하지만 굳이 내게 주어졌다면 내가 할 만한 거란 의미다. 난 그걸 하면 된다. 감사한 마음으로 묵묵히 하나씩 하나씩 당신만의 필살기를 보여주시라.

그리고 정말 때가 되면 모두 놓고 미소 지으며 떠나면 그만이다.

옹졸해지면 귀신이 찾아온다. 도플갱어가 찾아온다.

아쉽다고, 아깝다고, 남들이 몰라준다고, 마음이 다칠 일이 생

겨도 옹졸해지면 안 된다. 당당하게 옹골차게 뚜벅뚜벅 당신의 길
을 가시라. 당신의 필살기를 보여주시라.

　그것이 바로 당신이다.

노래는 도깨비도 춤추게 한다

—부족함, 어떻게 승화시킬까?—

〈혹부리 영감〉

福

0.8로 살아도 된다.

남들보다 조금 일찍 불편해졌어도

남들보다 조금 더 많이 부족해도 0.8로 살면 웃을 수 있다.

부족한 0.2는 노래로 채우면 된다.

흑부리 영감이 그랬듯이 노래를 부를 수 있다.

자기만의 진짜 노래를 부를 수 있다.

누구나 불편하고
부족한 것이 있다

처음 안경을 꼈을 때 느낌은 보이는 것이 어떻다가 아니었다. 마음이 축 처지는 거였다. 바보 된 느낌이었다. 지금과 달리 안경 쓴 사람이 많지 않은 시절이었고, 난 중3이었다. 맘속으로 기도했다.

'시력이 좋아져 안경을 벗을 수 있기를….'

진심이었지만 시력이 좋아질 리 없었다. 지금도 여전히 안경을 쓰고 있고 나이 들어 눈은 더 나빠졌다.

하지만 옛날 같은 마음은 없어졌는데, 주변에 안경잡이들이 반이 넘는 시대가 되어서도 그렇지만 나뭇잎 떨어지는 것에도 심란해지던 중3이 아니기 때문이다.

그래도 종종 처음 안경 썼을 때 감정이 되살아날 때가 있다. 그땐 이게 뭔가 할 정도로 바보가 된 느낌이 든다.

혹시 라면 먹을 때 안경에 김이 서려서냐고 한다면 아직 깊은 경지(?)에 도달하지 못한 거다. 진짜 '난 모지리구나' 하는 자괴감에 빠질 때는 안경 쓴 채로 세수를 할 때다.

세수할 때는 당연히 안경을 벗고 한다. 그런데 어쩌다 아주 가끔은 안경을 쓴 채 두 손 가득 물을 움켜쥐고 얼굴에 비빈다. 안경 받침이 얼굴을 긁어 아픈 느낌도 낯설지만, 안경이 뒤틀려 갑자기 익숙한 세상이 비뚤어져 보이는 것도 생경하지만, 무슨 일이 벌어 졌는지 몰라 잠시 멍해진다. 어떤 일이 벌어졌는지 나만 모른다는 사실이 더 참담하다. 안경이 내 몸이 되어 벗어야 한다는 것조차 까먹은 멍텅구리란 생각이 한동안 떠나질 않는다. 안경잡이가 아 니면 이 마음을 절대 모른다.

아무튼 그래도 곧 괜찮아진다. 주변에 나 같은 안경잡이들이 많 아서도 그렇고 사춘기 '얼라'가 아니어서도 그렇지만, 무엇보다 모지리 멍텅구리라고 자학하면 나만 피곤하다는 걸 알기 때문이 다. 주먹으로 내 머리통을 쥐어박으면 나만 아프다. 자괴감에 빠 진다고 시력이 좋아지는 것도 아니다. 대충 이런 생각들이 들며 곧 괜찮아진다. 자괴감을 털어버린다.

굳이 시력만 그런 게 아니다. 세상 모든 사람은 한두 가지씩 불 편한 것이 있다. 남들보다 부족한 것이 꼭 있다. 신체일 수도 있고 재물일 수도 있다. 가족일 수도 있고 어떤 상황일 수도 있다. 공기 처럼 남들은 인식도 못 하고 누리는 것이 나에게는 산소 호흡기를 지고 다녀야 할 정도로 절실하다. 남들은 아무렇지도 않은데 나만 그런 거다.

불편함보다 더 괴로운 건 '나만 이렇다'는 절망감 비슷한 외로움이다. 심하면 소외감에 빠져 세상을 향한 창을 닫아버리기도 한다.

사실 안경잡이의 별것 아닌 고충도 안경잡이가 아니면 잘 모르듯, 자기만 짊어진 불편함, 괴로움을 남들이 쉽게 알 리 없다. 그러니 남들의 이런저런 위로가 어설프다고 느껴질 수밖에.

물론 야비한 악담과 무지한 위로 정도는 구분할 줄 안다. 하지만 마음을 어떻게 다잡아야 할지 잘 모르겠다. 내 부족, 내 곤핍, 내 모자람. 노력해서 도달할 수 있는 것이라면 어떻게라도 할 수 있는데 아무리 노력해도 어쩔 수 없는 그것을 어떻게 채울지, 정말 모르겠다.

혹부리 영감은 노래를 불렀다

옛날에 혹부리 영감이 살았다. 가난해서 산에 가 나무를 해다 파는데, 어느 날은 나무를 하다 보니 날이 저물어버렸다. 이를 어쩌나 싶은데 저만치 낡은 오두막이 보였다. 버려진 오두막이지만 어떻게든 하룻밤 자고 내일 아침에 내려가자 싶었다.

오래된 빈집에 누워 있자니 잠은 오지 않고 오슬오슬 소름이 돈으려 했다. 혹부리 영감은 무서움에 일어나 앉아 노래를 부르기 시작했다.

그런데 노랫소리가 문제였던가, 어디선가 도깨비들이 하나둘씩 꾸역꾸역 모여들더니 빙 둘러앉아 영감의 노래를 듣기 시작했다. 영감은 노래를 그칠 수 없어 계속 불렀다. 그러자 도깨비들이 일어나 덩실덩실 춤까지 추며 흥겨워했다.

새벽이 다 되도록 영감의 단독 공연이 이어졌고, 도깨비들은 홀딱 반했다. 그러는 동안 도깨비들은 그 신기한 노래가 영감의 혹에서 나온다고 자기들 멋대로 생각해버렸다. 좀 어수룩하고 막무가내인 도깨비는 그 혹을 달라며 떼를 썼다. 몸에 있는 걸 어떻게 주냐며 실랑이를 벌이다가, 도깨비들이 도깨비방망이를 꺼낸다.

그러고는 짐작하다시피, "금 나와라, 뚝딱! 은 나와라, 뚝딱!" 하면서 금은보화를 빈집에 잔뜩 쌓아주더니만, 그 방망이로 혹을 톡 건드려 티도 안 나게 떼어 가져갔다. 좋다며 덩실덩실 가버렸다.

그렇게 혹부리 영감은 혹을 떼고 부자가 됐다.

옆 마을에 사는 욕심쟁이 혹부리 영감이 그 소식을 들었다. 영감은 금은보화를 얻을 욕심으로 산속 빈집에 가서 도깨비를 기다렸다.

그 영감도 노래를 했다. 나타난 도깨비들이 노랫소리가 어디서 나오느냐고 묻자 욕심쟁이가 말했다.

"바로, 이 혹이 노래를 잘 부르게 합니다. 이 혹을 드릴 테니 금은보화를 주시오."

도깨비들은 어수룩하긴 해도 바보는 아니다. 이미 겪은 일이 있는 터라 믿지 않고 화를 냈다.

"그래, 혹이 노래를 잘하게 한다고? 그럼 이 혹도 가져가라."

그렇게 욕심쟁이 혹부리 영감은 제 혹에 또 다른 혹까지 붙인 채 늘씬하게 두들겨 맞고 쫓겨났다. 사람들은 욕심쟁이 부자를 보고 '혹 떼러 갔다가 혹 붙이고 왔다'며 조롱했다.

〈혹부리 영감〉 이야기는 단순해 보인다. 착하게 살면 금은보화를 얻고 욕심부리면 혼쭐난다는 권선징악 이야기 같다. 그런 측면이 아주 없지는 않지만 본질은 따로 있다.

이야기의 핵심은 '노래를 불러라'다. '진심을 담은 노래를 부르는 것이 인생이다'라는 이야기다.

영감의 혹은 꼭 신체적 장애만을 의미하는 것은 아니다. 가난도, 재능도, 지혜도, 체력도 조금 부족한 그 무엇이다. 보통 사람들에게는 아무렇지도 않은데, 나만 부족하고 나만 모자란 그 무엇이 '혹'이다. 그런데 그 부족함이 장점이 된 것이다. 노래를 불렀기 때문이다.

그 노래는 어떤 노래일까? 가난한 혹부리 영감은 대체 무슨 노래를 불렀을까?

도깨비는 가난한 영감의 노래에 매혹됐지만 부자 영감의 노래에는 시큰둥했다. 그가 두 번째로 갔기 때문이 아니다.

도깨비들은 단순하고 어수룩한 존재다. 우리 이야기 속 도깨비는 꾀돌이들이 아니다. 한 번 속고도 또 속는 대책 없는 존재가 도깨비들이다. 부자 영감의 노래가 신통방통했다면 또 속았을 것이다. 하지만 그러지 않았던 거다.

도깨비들은 알았다. 자기 놀이터에 나타난 이상한 영감이 부르는 노래가 기가 막히게 신기하고 흥겨운데 어떻게 들으면 심금을 울리는 묘한 매력이 있다는 것을. 하지만 이튿날 나타난 영감이 부른 노래는 가락은 맞고 박자는 딱 떨어질지 몰라도 아무것도 없는 텅 빈 소리라는 것을 도깨비들도 알았다.

왜 우리도 알지 않는가. TV 경연 프로그램에 나온 참가자들이 부르는 노래가 어떤지 말이다. 그 노랫말을 몰랐던 것도 아니고 처음 듣는 노래도 아닌데, 어떤 사람이 부르면 완전히 다른 깊이의 황홀한 감동을 주는 그 무엇이 된다는 것을 말이다.

도깨비들은 노래 전문가다. 밤마다 노래하고 춤추며 떠들썩하게 논 것이 하루 이틀이 아니다. 수도 없이 많은 밤을 시끌벅적 노는 유흥의 명수가 바로 도깨비다. 그런 전문가가 가난한 영감의 노래에 푹 빠졌다면 그 노래는 보통 노래가 아닌 거다.

가난한 영감은 무서움에 노래를 불렀다.

처음엔 그랬다. 하지만 하나둘씩 두런거리며 나타나는 도깨비들을 보고는 무슨 노래를 불렀을까? 노래를 그치면 도깨비들과 할 말도 없다. 무시무시하게 생긴 도깨비들이 해코지할지도 모른다.

영감은 계속 노래를 불렀다. 그는 과연 무슨 노래를 불렀을까?

영감은 제 신세를 돌아봤다. 늦도록 나무를 하는 자신의 모습을, 땔나무를 찾아 이 깊고 깊은 산속까지 들어올 수밖에 없는 처지를, 늙고 힘든 데다 장애까지 지닌 자신의 모습을, 가난에 곤핍하고 힘겨운 삶을, 그리 내세울 것 없지만 그래도 나무를 져다 파니 다행이라는 마음을, 어쩌다 보니 도깨비 소굴에서 한밤을 맞게 된 어처구니없는 처지의 쓸쓸한 미소를 담았다. 깊은 회한과 진정을 담은 노래를 불렀다. 노래로 자신의 삶을 승화했다.

이러니 도깨비들이 일어나 춤을 추지 않을 수 없었던 거다.

하지만 욕심쟁이 영감은 그럴 수 없다. 그에게 노래는 진심과 마음을 담은 것이 아니라 단지 기술과 전략일 뿐이었으니까.

욕심쟁이 영감은 가난한 영감의 말을 듣고 생각했어야 했다. 금은보화를 어떻게 얻었느냐보다, 어느 산골 빈집인지를 찾는 것보다 더 중요한 것을 새겨들었어야 했다. 하지만 그는 제가 듣고 싶은 것만 들었다.

욕심쟁이 영감은 자신이 '노래를 할 수 있는지', 자신의 부족과 모자람을 '승화할 수 있는지' 생각지도 않고 무턱대고 달려들었다. 욕심에 눈이 벌게진 그의 노래에 도깨비들이 춤을 출 리 없다. 도깨비는 어수룩해도 바보는 아니니 말이다. 전문가들 앞에서 속 보이는 잔꾀를 쓰다니 어리석은 짓이다.

미안한 말이지만 욕심쟁이가 혹을 더 달고 돌아간 것은 당연한 일이었다.

0.8로
살아가기

언제부터인지 모르지만 자고 나도 개운치 않다. 무슨 대단한 일을 한 것도 아닌데 팔도 아프고 다리도 퍽퍽하다. 눈은 오래전부터 침침해졌고 이젠 듣는 것도 심상치 않다.

아파도 그냥 둔다. 해결될 것도 아니고, 말한다고 불편함이 사라지는 것도 아니니. 그냥 안고 함께 살아간다. 어차피 다들 자기 짐을 지고 산다. 조금 더 무겁든 조금 덜 무겁든.

그럴 나이도 아닌데, 예전엔 한나절이면 해치웠을 일을 이젠 일 주일이 되어도 쉽지 않다. 어떨 땐 버겁다. 할 수 없는 것이라면 또는 해본 적이 없는 것이라면 체념도 하겠지만, 늘 쉽게 하던 것이라 맘이 더 복잡해진다.

꼭 나이 들어 늙어야만 이런 것이 아니다. 조금 일찍 오기도 하고 조금 늦게 오기도 하지만, 어차피 다들 이런 때가 온다. 즐겁게 반길 일은 아니어도 모두 앞에 다가온다.

생각해보면, 모든 사람은 뭔가 조금씩 부족한 모지리들이다. 이건 가득 차 있어도 저건 조금 비어 있다. 많은 것을 가지고 있어도 더 가지려 하고, 부족한 것을 마저 채워 다 가지려는 욕심쟁이가 우리 인간이다. 그러니 조심해야 한다. 욕심쟁이 혹부리 영감을 생각해야 한다.

누구나 만점을 원한다. 한가득 채우길 원한다. 하지만 인생엔 그런 일이 없다. 그런 사람도 없고 그럴 수도 없다. 인간은 모두 다 부족하다. 단지 그 부족을 어떻게 '승화'하느냐에 따라 삶이 달라질 뿐이다.

시력이 안 좋으면 조금 쉬어가며 보면 된다. 남들은 안 그런다며 속상해하는 것보다 백배는 낫다. 조금 천천히, 조금 늦게 가도 된다. 그런다고 인생 문이 닫히는 것도 아니다.

모든 것이 다 그렇다. 남들이 한 번에 할 때 난 두 번, 세 번에 해도 된다. 어차피 될 것은 되고야 만다. 내가 포기하지만 않는다면 꼭 된다.

가난한 혹부리 영감은 밤새도록 쉬지 않고 노래를 불렀다. 하나 끝나면 다른 노래를 부르고 또 부르기를 반복했다. 언젠가는 먼 동이 튼다. 아침 해는 약속처럼 반드시 찾아온다. 가난하든 부유하든, 부족한 자든 넉넉하다고 착각하는 자든, 모두에게 어김없이 찾아온다.

모두가 만점이 되려 할 때, 모두가 완벽한 1이 되려 할 때, 그냥 부족한 대로 내 길을 걸어가도 된다. 조금 흐릿하게 조금 천천히 가도 된다.

0.8로 살아도 된다. 남들보다 조금 일찍 불편해졌어도 남들보다 조금 더 많이 부족해도 0.8로 살면 웃을 수 있다. 부족한 0.2는 노래로 채우면 된다. 혹부리 영감이 그랬듯이 노래를 부를 수 있다. 자기만의 진짜 노래를 부를 수 있다.

모자라면 노래를 불러라. 노래는 도깨비도 춤추게 한다. 금은보화? 그건 당신이 부른 노래에 비하면 먼지 같은 것이다. 부질없는 혹 같은 것이다.

인생은 모자람을 즐겁게 노래하는 놀이터다. 웃으며 노래하며 살면 그만이다. 도깨비들이 한껏 웃을 것이다. 즐거운 춤을 출 것이다. 도깨비도 알고 있기 때문이다. 누구도 완벽하지 않은 인생을 노래로 춤으로 승화하는 것이 삶이라는 것을 말이다.

공주님은
후회하지
않는다

7관

선택이 늘 문제다 ─
〈평강공주와 바보 온달〉

〈평강공주와 바보 온달〉은 비극처럼 보이지만 해피엔딩이다.
사실 이 이야기는 처음부터 끝까지 해피하다.
결과가 좋아서가 아니라 과정이 좋기 때문이다.
과정이 아름다우니 결과야 따라오지 않을 수 없다.
해피엔딩이다.

짜장이냐 짬뽕이냐,
그것이 문제로다

그렇다. 늘 그것이 문제다.

짜장을 먹을지 짬뽕을 먹을지는 '부먹', '찍먹'보다 좀 더 심각한 문제다. 탕수육이야 반씩 나눠 부어도 먹고 찍어도 먹을 수 있지만, 짜장과 짬뽕은 그게 안 된다. 물론 짬짜면이 있다. 그러나 먹어보면 안다. 짬뽕도 짜장도 아닌 이상한 놈이란 걸.

나만 이런지 모르겠다.

아이스크림 가게에 가면 아이스크림 종류가 많아 즐겁기도 하지만 그만큼 골치도 아프다. 뭘 먹어야 할지 고르기가 난감하다. 그래서 생각했던 것과 다른 걸 골라 먹다가 꼭 후회한다.

처음 고른 것을 먹었어야 했는데 하는 맘으로, 다음번엔 눈 딱 감고 민트초코를 주문한다. 그러면 민트도 초코도 아닌 치약 맛이 나는 것 같다. 옆 테이블 꼬마가 먹고 있는 피스타치오 아몬드가 눈에 들어온다.

'저걸 고를걸….'

선택이 늘 문제다. 고르고 나면 늘 후회가 뒤따르니 말이다.

그래도 짜장 짬뽕이나 아이스크림은 다음이 있다. 다른 걸 시켜 먹으면 된다. 또 망쳐도 괜찮다. 다음번이 또 있다. 하지만 인생은 아이스크림 고르기가 아니다. 다른 걸 시킬 수도 없고 망쳤다고 다시 할 수도 없다. 리셋 가능한 게임이 아니다. 이러니 선택할라 치면 불안하고 초조해진다. 고민이 많아진다.

결혼도 그렇고 취업도 그렇다. 할지 말지. 육아는 더 난감하다. 애를 낳을지 말지, 애가 영특해 보이면 영재교육을 시킬지 말지, 조기유학도 한번 고려해봐야 하지 않을까 싶고, 피아노나 태권도 하나쯤은 시켜야 할 것 같기도 하고…, 한도 끝도 없다.

아니, 일단 눈앞부터 고민이다. 당장 대학 졸업 후 어디에 취직해야 할지, 취직할 곳이 없어서 난감하기도 하지만 내 맘에 드는 곳도 없다.

내 취향이 뭔지, 내 적성과 맞는지, 연차는 제때 쓸 수 있는지, 연봉은 높다지만 쉬는 날 없이 빡센데 괜찮을지, 남들에게 어디 다닌다고 말할 때 주눅이 들 만한 곳은 아닌지…, 역시 한도 끝도 없다.

시간도 날 괴롭힌다. 내 맘도 모르고 똑딱똑딱 잘도 간다. 난 하나도 정하지 않았는데 데드라인은 코앞이다. 차라리 어린 시절로 돌아가고 싶다. 이런 결정 저런 선택 하지 않아도 엄마가 척척 내 맘에 쏙 드는 시원한 아이스크림 꺼내주던 그때로.

하지만 엄마 배 속에서 한번 나온 이상 다시는 돌아갈 수 없다. 그러니 이를 어쩐다…?

온달은
바보가 아니다

지금도 또렷이 기억나는데, 여덟 살 때였다. 밖에 나가 흙장난을 좀 심하게 해서 엄마에게 맞아 울고 나서 풀이 죽은 채, 안방에 앉아 본 첫 인형극이 〈평강공주와 바보 온달〉이었다.

동네 아이들이 온달을 바보라고 놀리는데, 온달은 조금 느리고 멍청한 목소리로 바보처럼 대꾸했다. 아이들이 온달을 잡아서 큰 나무에 밧줄로 꽁꽁 묶어놓고는 도망쳐 버렸다. 해가 떨어지고 저녁이 되고 어두워졌다. 온달이 아이들을 불렀지만 못돼 먹은 놈들이 올 리 없었다.

그때였다. 엄청난 일이 일어났다. 온달이 "끙!" 하고 힘을 쓰더니만 묶인 채로 나무를 쑥 뽑아버리는 것이 아닌가. 그러고는 그큰 나무를 등에 진 채로 뚜벅뚜벅 걸어서 집으로 돌아갔다.

깜짝 놀랐다. 온달의 힘에 놀랐다.

그렇게 눈이 휘둥그레진 채로 〈평강공주와 바보 온달〉 인형극에 푹 빠져 저녁마다 텔레비전 앞에 앉았다. 평강공주가 온달을 찾아온 것을 당연하게 여겼다. 바보지만 힘센 영웅이었으니까. 바보였던 온달이 공주가 시키는 대로 공부해서 똑똑해졌다고 믿었다. 그렇게 똑똑해진 온달이 장수가 되어 적군을 무찔렀다고 생각했다.

온달의 진실을 알게 된 것은 대학원에 들어가 《삼국사기(三國史記)》 원문을 읽고 나서였다. 인형극은 틀린 것이 많았다. 어린이용이라고 마구 만든 거다.

온달은 힘이 센 것이 아니었다. 어려서부터 나무를 뽑을 정도로 무시무시한 장사가 아니었다. 그냥 평범했다.

무엇보다 온달은 바보가 아니었다. 구부정하고 못생긴 외모에 해진 옷과 신발을 끌고 다니며 밥을 빌어먹는 가난뱅이였을 뿐이다. 그 비천한 행색에 사람들이 그를 '바보'라고 부르며 업신여겼다. 만만했으니까. 몇 명만 그런 것이 아니라 온 마을, 온 나라가 그를 우습게 알고 놀렸다.

고구려 왕조차 그랬다. 꼬맹이 딸이 하도 울자 이렇게 말할 정도였으니까.

"네가 맨날 이렇게 시끄럽게 울기만 하니 바보 온달에게 시집보내야겠다."

　이 말의 무게를 한번 가늠해보라. 느껴지는가.

　왕이 알 정도였다. 왕도 '바보 온달'이라고 부를 정도로 온 나라가 그를 비웃고 조롱하고 업신여겼다. 동네 코흘리개들도 온달을 우습게 알았다.

　온달은 왕따였다. 온 나라가 대놓고 따돌리는 만만한 존재, 그 나라에서 가장 아래에 있는 약자. 그가 바로 온달이었다.

　그런 온달을 평강공주가 찾아온다. 아버지 왕과 대판 싸우고 궁궐을 나온 것이다. 공주는 어려서부터 듣던 말대로 하겠다며 왕에게 맞섰다.

　"임금은 실없는 소리를 하지 않는다고 하더군요. 그러니 소녀는 가겠습니다."

　당돌했다.

　궁궐을 나와 물어물어 온달 집에 갔다. 아마 사람들이 이상한 눈으로 봤을 거다. 온달의 어머니는 눈이 멀었다. 느닷없이 찾아온 여자가 하는 말에 놀라지 않을 수 없었다. 온 나라가 무시하는 집에 시집오겠다니, 그게 말이 되는가.

"내 아들은 가난하고 보잘것없습니다. 지금 그대의 냄새를 맡아보니 향내가 보통이 아니고, 손을 만져보니 매끄럽기가 솜과 같군요. 필시 귀한 집 따님일 텐데, 누구의 나쁜 꾐에 빠져 이곳까지 오게 됐습니까? 돌아가세요."

공주는 당돌할 뿐만 아니라 당차기까지 했다. 온달 집에서 쫓겨난 그녀는 온달이 배고품에 나무껍질을 벗기러 갔다고 하는 산길 옆에서 그를 기다렸다. 이윽고 온달로 여겨지는 남자를 보고 자기가 찾아온 이유를 말했다.

온달이 보기에 그녀는 말도 안 되게 예뻤다. 이제껏 누구도 자신을 인간으로 대우한 적이 없는데 이런 여인이 찾아오다니. 말이 안 된다. 게다가 함께 살겠다고? 농간이 분명하다.

온달은 화를 냈다.

"너는 사람이 아니라 여우나 귀신이 분명하다. 저리 썩 꺼져라!"

그러고는 뒤도 돌아보지 않고 가버렸다.

날이 저물어도 공주는 갈 곳이 없었다. 당돌하고 당찬 공주는 정말 여간내기가 아니었다. 온달의 쓰러져가는 초가집 사립문 밖에 웅크리고 앉아 밤을 지새웠다. 그러고는 아침에 다시 들어가 모자를 설득했다.

온달의 어머니는 공주에게 사리를 하나하나 따져 안 된다고 설명했고, 공주는 그 말마다 모두 된다며 설득했다. 아버지 왕에게도 꼬박꼬박 대드는 그녀가 온달과 모친에게 질 리 없었다.

결국 함께 살게 됐다. 공주는 온달을 입히고 먹이고 가르치고, 무술을 닦게 했다. 그렇게 온달은 내 어릴 적 인형극처럼 훌륭한 장수가 됐다. 고구려 전체를 통틀어 온달을 능가할 장수는 단 한 명도 없었다.

온 나라가 업신여기던 자가 온 나라의 맨 앞에 서게 됐다. 온 나라가 무시하는 '바보'를 찾아온 공주님 덕분이었다. 모두 다 그녀 덕분이었다.

비극처럼 보이는
해피엔딩

평강공주가 온달이란 존재를 처음 알게 된 것은 아버지의 놀리는 말에서였을 거다. 그녀는 궁금함에 온달이 누구인지 알아봤을 거다. 왕도 알 정도로 유명한(?) 존재니 궁녀들이 금방 알려줬을 거다. 왜 바보인지, 왜 바보라고 부르는지, 왜 사람들이 업신여기는 지 등등.

공주가 온달에게 시집가겠다고 아버지 왕의 말을 거역한 것은 비뚤어진 사춘기의 공연한 반항심 같은 게 아니었다. 궁궐이 더 편안하고 쾌적하다는 걸 그녀가 모를 리 없다. 객관적 상황으로 볼 때 나중에 왕이 정해줄 짝이 온달보다 더 낫다는 것은 딱히 분석할 필요도 없다. 다 안다. 잘 안다.

그래도 공주는 온달을 선택했다. 무모한 반항심도 공연한 어깃 장도 아닌 냉정한 판단에 따른 선택이었다.

궁궐 안에 있는 공주가 온달을 직접 볼 수는 없었지만, 온달에 대해 알아볼 수는 있었다. 그래서 그녀는 알았다. 온달이 바보가 아니란 것을. 비록 그의 용모가 수려하지는 않지만, 오히려 남들 이 비웃을 만한 외모[龍鐘可笑]지만 그 마음이 차분하고 빛난다 [中心則睦然]는 걸.

그래서 결정했다. 그 남자와 평생을 함께하겠다고.

평강공주의 선택이 당돌하고 당찬 것에 그치지 않고 탁월하고 빼어났음은 온달이 훌륭한 장수가 됐다는 결과에 있지 않다. 그 과정에 있다.

선택의 연속이던 그 과정을 공주는 당당하게 헤쳐나갔다. 온달의 모친은 그녀를 쫓아버렸다. 생각해보면 그냥 받아들일 만도 한데 '누구의 꾐에 빠진 것이 아니냐'는 의심의 소리까지 하며 돌려보냈다. 공주 입장에서 어처구니없기도 했을 것이다. 그냥 돌아설 수도 있었다. 하지만 그러지 않았다.

온달도 모친만큼이나 냉대했다. 여우라느니 귀신이라느니 험한 말을 했다. 귀한 공주가 아니라 여염집 처자에게도 할 말은 아니었다. 자존심 상하는 말이었다. 그래도 그녀는 참았다.

깜깜한 밤, 추위에 떨며 웅크리고 지새워야 했다. 포근하고 따뜻한 궁궐이 절로 떠오를 수밖에 없었다. 대체 내가 뭔 짓을 하는 건가 하는 생각에 사로잡힐 법하다. 그래도 그녀는 돌아서지 않았다.

다음 날에도 어려움은 또 있었다. 모자를 앉혀놓고 한참을 설득해야 했다. 대체 내가 뭐가 부족해서 이런 집에서 이런 남자와 살겠다고…, 하는 생각이 들 법도 하다. 하지만 그녀는 포기하지 않았다.

공주는 선택했다. 한 번이 아니라 선택의 연속이었다. 맨 처음 선택도 탁월했지만, 그 선택의 방향을 따라가는 과정에서의 또 다른 선택 역시 훌륭했다. 그것이 비참한 온달을 온 나라가 우러러보는 인물로 우뚝 서게 했다. 공주 없이는 온달도 없었다.

혹시 공주는 온달을 선택한 것을 후회하지 않았을까? 잠시라도 흔들리지 않았을까?

내 생각에 그녀는 단 한 번도 후회하지 않았을 것 같다.

〈평강공주와 바보 온달〉 이야기의 끝은 이렇다.

온달은 신라가 뺏은 한강 북쪽 땅을 수복하겠다며 출정했다. 그
때 맹세했다.

"나는 우리 고구려의 땅을 되찾지 못하면 돌아오지 않겠다."

하지만 온달은 전쟁터에서 신라군과 용맹하게 싸우던 중에 날
아온 화살에 맞아 죽고 만다. 부하들이 그를 장사지내려 하는데
관이 움직이지 않았다. 도무지 꼼짝을 하지 않아 장사를 치를 수
없었다.

소식을 들은 공주가 달려왔다. 관을 어루만지면서 눈물을 흘리
며 말했다.

"죽고 사는 것이 이미 결정됐으니, 아아! 이제 돌아갑시다."

공주의 비통한 눈물에 비로소 관이 움직였고 장사를 지낼 수
있었다.

온달은 죽어서도 그 땅을 떠나지 않았다. 고구려를 위해 목숨 바쳐 싸우고자 한 맹세를 죽음조차 어쩌지 못한 것이다. 그를 꺾을 자는 아무도 없었다. 비록 전쟁이 그를 몰아붙이고 화살이 목숨을 앗아갔지만, 그는 꺾이지 않았다. 그는 심지가 굳고 차분하며 빛나는 남자였다. 온 세상 사람들이 다 놀리고 업신여겨도 기죽지 않는 진짜 용기를 지닌 자였다.

그런 그를 움직인 사람이 단 한 명, 평강공주였다. 온달은 자신의 맹세가 중요하고 자신의 신념이 무엇보다 우선이지만, 아내의 말과 소망보다 앞선 것은 아니었다.

공주는 알았다. 온달이 어떤 자라는 것을. 온 세상이 따돌리고 놀려도, 대책 없이 가난해서 나무껍질을 벗겨 먹어도, 외모가 볼품없어도, 그 마음이 어떤지 잘 알았다.

그래서 그를 선택했다. 그리고 고비마다 때때마다 다시 선택하고 또 선택했다. 온달을 믿었다.

분명 공주는 온달이 장수가 되지 못해도, 용맹한 장수가 되어 요동의 적군을 물리치지 못했어도 그를 사랑했을 거다. 공주가 바란 것은 온달이 장수가 되는 것이 아니었다. 온 나라 사람들이 그를 추앙하는 것도 아니었다. 온 나라가 무시하는 바보를 찾아온 공주님이 그에게 바란 것은 하나뿐이었다.

'당당하게 세상과 맞서 싸워 일어나라.'

다 이루지 못하고 죽은 원통함에 그 땅을 못 떠나는 온달의 시신을 어루만지며 공주가 한 말은 다른 사람들에게는 "죽고 사는 것이 이미 결정됐으니, 아아! 이제 돌아갑시다"라고 들렸지만 온달에게는 달리 들렸다.

'당신은 충분히 당당하게 세상과 맞서 싸웠어요. 그러니 아아! 이제 돌아갑시다.'

〈평강공주와 바보 온달〉은 비극처럼 보이지만 해피엔딩이다. 사실 이 이야기는 처음부터 끝까지 해피하다. 결과가 좋아서가 아니라 과정이 좋기 때문이다. 과정이 아름다우니 결과야 따라오지 않을 수 없다. 해피엔딩이다.

그래도 내가
선택하는 것이 낫다

선택은 누구든 한다. 그리고 누구든 해야만 한다.

무섭다고 두렵다고 책임지기 싫다고 뒤로 빼면 안 된다. 그런다고 선택의 주사위가 눈앞에서 영영 사라지는 것이 아니다. 결정해야 한다.

선택 앞에 주저하는 것을 부끄러워할 필요는 없다. 당신만이 아니라 모두 다 그 마음이다. 할 수만 있다면 도망치고 싶고, 다른 사람에게 미루고 싶은 마음.

그래도 당신이 선택하는 것이 낫다. 당신의 삶이니 당신이 결정하는 것이 낫다. 처음엔 두근거리지만 두 번째는 조금 덜 떨리고 세 번째는 훨씬 덜 떨린다. 사뭇 진정된다.

주저하는 것보다 선택하는 것이 낫다. 앞으로 나가는 것이 낫다. 두려워할 필요 없다. 왜냐하면, 어떤 것을 선택하든 똑같이 아름다운 결과가 나오니까.

당신의 마음이 아름다웠다면, 당신의 의도가 선하다면, 이 길을 선택하든 저 길을 선택하든 결국은 같은 곳에 도착할 것이다.

선택의 갈림길에서 두근거림을, 둘 다 선택하지 못하는 아쉬움을 로버트 프로스트(Robert Frost, 1874~1963)는 〈가지 않은 길(The Road not Taken)〉이란 시에서 이렇게 노래했다.

단풍나무 숲속에 두 갈래 길이 있었습니다.
몸이 하나니 두 길을 다 가지 못하는 것을
안타까워하며, 한참을 서서

낮은 수풀로 꺾여 내려가는 다른 길을
멀리 끝까지 바라봤습니다.

그렇다. 당신만이 아니라 모두가 다 아쉬움에 한참을 주저하고
망설인다. 하지만 이내 길을 간다. 앞으로 가는 것이 인생이니까.

그리고 다른 길을 선택했습니다. 똑같이 아름답고
아마 더 걸어야 할 길이라고 생각했지요.

맞다. 이 길도 저 길도 똑같다. 똑같이 아름다운 결과가 나온다.
비록 내가 선택한 길이 남들보다 조금 더 걸어야 해서 남들보다
조금 더 퍽퍽할지 모르지만, 그래도 행복하고 아름다운 길을 걷기
로 했다.

훗날에 훗날에 어디에선가
한숨지으며 이야기할 겁니다.
숲속에 두 갈래 길이 있었다고, 나는
사람들이 적게 간 길을 택했다고,
그리고 그것이 모든 것을 바꾸었다고.

프로스트는 평강공주와 친구였던 것이 분명하다. 같은 마음이니 말이다.

멈춰 서 있는 것보다 걸어가는 것이, 어느 길이든 아름다울 테지만 사람들이 적게 간 길을 택하는 것이 더 행복하다는 것을 그들은 알았다. 단풍나무 숲을 걷는 시인이나 세상이 무시하는 약자를 찾아온 공주나 똑같다.

선택은 후회를 낳는 것이 아니라 행복을 낳는다.

선택에 비극은 없다. 해피엔딩만이 있을 뿐이다.

그래도 마음이 두근거린다면, '한번 선택한 것을 후회하지 않는 것이 또 다른 선택이다'라는 것을 명심하시라.

그리고 잊지 마시라. 공주님은 후회하지 않는다는 것을.

자린고비는
마음을
아꼈다

8관

─ 사랑할수록 마음 절약 ─

〈자린고비〉

자린고비 정신은 재물을 아끼는 것이 아니라
마음을 아끼는 정신이다.
풍족하다고 재물을 허랑하게 쓰지 않듯,
필요하다고 마음을 넘치게 주지 않는 것이다.
이 정신은 부모에게만 필요한 것이 아니다.
세상 모두에게 늘 필요한 정신이다.

그 많던 구슬은
다 어디로 갔나?

내가 착해서는 절대 아니고 난 아버지를 단 한 번도 원망스러워한 적이 없다. 그리 넉넉한 집도 아니고 요즘처럼 부자간에 살가운 관계도 아니었지만, 아버지는 그냥 아버지로 늘 저만치 계셨고 존경스러웠다.

다만, 원망까지는 아니고 진한 아쉬움이 남는 일이 하나 있다. 내 구슬을 아버지께서 사촌들에게 죄다 주어버린 일이다. 그 구슬은 내가 초등학교에 들어가기도 전부터 열심히 모으고 따낸 내 보물이었다.

"중학교 들어간 놈이 무슨 구슬치기냐."

어느 날 내 서랍 가득 들어 있던 구슬이 단 한 알도 남지 않고 사라진 것에 놀라 이리저리 찾는 내게 아버지께서 하신 말씀이다. 나는 감히 뭐라 말도 못 했다.

어떤 일이 있었는지는 얼마 후 어머니를 통해서 들었다. 집에 놀러 온 사촌 동생들이 탐내기에 주어버렸다는 것이다.

이제는 '구슬치기'가 뭔지 설명해도 알아듣기 힘든 시대가 됐고, 다시 구슬치기를 할 것도 아니며, 그 구슬을 지금까지 가지고 있다고 해서 특별한 뭔가가 되는 것도 아니지만, 여전히 마음 한편이 아쉬운 건 그 구슬들이 단 한 달도 못 가서 버림받았다는 사실 때문이다.

"몰라, 버렸던가."

다음 제사 때 찾아온 사촌 동생들에게 구슬을 가지고 있느냐고 물었을 때 돌아온 답이었다. 아무렇지 않은 듯 심드렁하게 한 그 말이 지금까지 내 가슴속에 쓰리게 남아 있다.

코흘리개 시절 손이 시커메질 정도로 구슬을 굴려 몇 알씩 따 모아 수백 알이 넘었다. 하루 이틀 만에 불어난 것이 아니었다. 문 방구에 가면 얼마 안 되는 돈으로 살 수 있을 정도로 가치 없는 것이지만, 내게는 아니었다. 깨진 것도 있고 흠집이 많아 돌멩이처럼 보이는 것도 있었지만, 그 모두가 내게는 보물이었다. 구슬 하나마다 사연이 담겨 있는 꿈과 추억이었다.

하지만 사촌들에게는 아니었다. '쉽게 얻은 것'이고, 가치로 치면 몇천 원도 안 되는 '대수롭지 않은 것'이며, 딱히 그 구슬이 필요했다기보다는 '그냥' 한번 가지고 놀아볼까 하는 정도였다.

그것이 모든 것을 달라지게 했다. 소중히 아낄 줄 아느냐 모르느냐가 모든 것을 갈랐다.

천하제일 노랑이
자린고비의 마음

제사를 지낼 때는 지방(紙榜)을 써서 제사상 한가운데 모신다. 지
방은 조상님 중에서 오늘 모실 분의 성함을 쓴 것이니 제사 후에
는 태워서 날려 보낸다. 조상님이나 다름없는 것을 함부로 버릴
수는 없으니까.

그런데 어떤 사람이 그 종이가 무척이나 아까웠다. 낭비라고 생
각한 거다.

"매년 돌아오는데 계속 쓰면 되지, 그걸 고작 한 번 쓰고 태워버
리다니."

지방은 하늘거리는 얇은 종이에 쓴 것이라 보관하기도 여의치
않다. 그래서 기름에 절여 찢어지지 않게 해서 잘 두었다가 매년
꺼내 다시 썼다.

돌아가신 부모님인 '고비(考妣)'를 기름에 절여 재활용한 사람
이 누군지 혹시 아시는가? 이 지독한 구두쇠가 하는 짓을 보고 주
위 사람들은 그를 '곱재비'라고 불렀다. '자잘'하고 보잘것없다는
얘기다. 혹시 감이 오시는가?

충청도에서는 이 사람을 긍정적으로 받아들여, 충주 어딘가 살
던 실존 인물 아무개라고 구체적인 근거까지 들어 옹호하기도 한

다. 이 지독한 노랑이가 가뭄이 든 어느 해에 1만여 호나 되는 지역 백성들을 구휼했다는 거다. 그가 죽은 후 지역 백성들이 비석을 세워 그를 기렸다. 인자하고 어진[慈仁] 오래된 비석[古碑]을 가리키며 칭송하는 것에서 그 이름이 생겼단다.

그렇다. '자린고비' 이야기다.

자린고비는 지독한 노랑이다. 외출할 때는 꼭 닭을 새끼줄로 매서 데리고 나가 길가에 떨어진 곡식을 다 쪼아 먹을 때까지 기다렸다는 이야기는 애교에 속한다.

그의 혁혁한 짠돌이 행적은 타의 추종을 불허한다. 특히 그에게 유명세를 선사한 것은 대들보에 굴비 또는 소금 주머니를 매단 이야기다.

어느 날, 소금 한 됫박을 방안 대들보에 매달아놓고는 처자식에게 말했다.

"밥 먹을 때마다 밥 다섯 숟갈 떠서 먹은 후 한 번 올려다보아라."

소금을 보면 짜게 느껴질 테니 그걸 반찬으로 삼으라는 얘기였다. 그의 성격을 잘 아는 식구들은 군말 없이 맨밥만 먹었다.

그러던 어느 날, 어린 아들이 밥 세 숟갈을 먹고서는 슬며시 소금 주머니를 쳐다봤다.

뭐 딱히 반찬 생각이 나서가 아니라 에너지가 넘치는 아이다 보니 무심코 고갯짓을 한 거였다. 하지만 자린고비는 대뜸 꾸짖었다.

"그렇게 자주 올려다보면 짜진다. 너무 짜서 물 마시다 배탈 나면 어쩌려고 그러느냐."

아무리 아낀다고 해도 이건 너무하다. 반찬 없이 맨밥만 먹으면 병이 나서 오히려 큰돈이 든다. 짠돌이일수록 이해타산이 더 빠삭한 법인데 자린고비가 그걸 모를 리 없다. 그가 이런 극단적 행동을 한 것은 다 이유가 있어서였다.

어떤 사람이 자린고비에게 부채를 하나 선물했다. 그러자 그가 아들들을 모아놓고 물었다.

"이 부채를 몇 년이나 사용할 수 있겠느냐?"

둘째 아들이 답했다.

"부채의 수명이야 1년이면 충분하지요."

그러자 자린고비가 셋째에게 물었다. 셋째도 둘째와 같은 소리를 하자 인상을 찡그렸다.

"우리 집을 망하게 할 놈이 바로 네 놈들이다."

이때 옆에서 듣던 큰아들이 말했다.

"동생들이 아직 어려 아껴 쓰는 도리를 터득하지 못했습니다. 심려 마세요. 부채는 족히 20년은 쓸 수 있지요."

"그러냐? 어떻게 그것이 가능하냐?"

"부채는 펴고 접을 때 조금씩 상할 수밖에 없지요. 그러니 부채를 펴서 기둥에 고정해두고 대신 머리를 흔들면 됩니다. 그러면 어찌 20년만 가겠습니까. 더 오래도 쓸 수 있을 겁니다."

그 아버지에 그 아들이다. 큰아들은 아버지를 꼭 빼닮았다.

이 이야기를 《청구야담(靑邱野談)》에 적어놓은 기록자는 자린고비가 이렇게까지 지독하게 아끼는 이유를 이렇게 설명했다.

아! 저 부잣집 자제들이 사치를 지극히 숭상하고 주색에 빠져 선조의 업을 망치는데, 이러는 것이 차라리 그보다 낫지 아니한가.

그렇다. 이것이 핵심이다.

자신이 부자면 무엇하겠는가. 자신이 잘 먹고 잘 살면 무엇하겠는가. 자신은 행복하나 자식들이 훗날 굶주림에 허덕인다면 무슨 소용이 있겠는가.

부모는 자신이 이룬 것이 대단할수록 생각이 깊어진다.

'저 녀석이 잘 해낼 수 있을까?'

이건 모든 아버지의 고민이자 악몽이다. 개미처럼 모았더라도 흩어지는 건 한순간이다. 있다가 없어진 자식은 처음부터 없던 자식보다 더 힘겨워한다. 더 불행하다고 생각한다.

자린고비는 고민했다. 태어나면서부터 부자가 아니라 자수성 가한 아버지 자린고비는 알았다. 재산 문제가 아니라 마음 문제라는 것을. 그걸 맨손으로 일어선 자신은 알지만 이미 모든 것을 갖추고 시작한 자식들은 도무지 알 수 없다는 것을.

그래서 그는 돈을 아껴 미래에 쓸 재물을 준비한 것이 아니라, 미래에 쓸 자식들 마음을 준비시켰다.

소금을 다섯 번 쳐다보나 세 번 쳐다보나 아무 차이 없다. 그걸 자린고비가 모를 리 없다. 반찬 없이 밥만 먹는 자식들 모습에 안쓰러운 마음이 들기도 했겠지만 그는 엄하게 질책하고 훈계했다. 돈 문제가 아니라 마음 문제니까.

자린고비는 자식들에게 알려주고 싶었다. 극단적 방법처럼 보였고 또 실제로 극단적이었지만 그 방법뿐이었다. 말로 되는 것이 아니었다.

"마음으로 터득하느냐 못 하느냐에 달려 있을 뿐이다."

자린고비는 깨닫게 하고 싶었다. 옷장에 명품 코트와 가방이 즐비한 것이 당연한 것이 아니란 것을, 번쩍거리는 외제차를 주차장 가득 늘어놓고 자랑하는 짓이 한심하다는 것을 알려주고 싶었다.

"어머! 누가 100만 원짜리 티셔츠를 입어요?"라며 놀라는 이유가 '100만 원씩이나 되는 고가품을 누가 입겠느냐'가 아니라 '고작 100만 원밖에 안 하는 싸구려를 누가 입고 다니느냐'라는 생각인, 철모르는 소리를 하는 자식이 생길까 봐 전전긍긍했던 거다.

이것이 자린고비가 대들보에 소금을 매단 이유다.

사랑할수록
마음을 아껴라

의사인 내 친구의 철부지 아들놈들은 제 아버지를 돈 찍어 오는 기술자로 알고 있다. 농담이 아니라 진짜다. 병원 의자에 앉아 그냥 "감기니까 약을 드시고 쉬시면 됩니다"라는 몇 마디 하고 돈을 바리바리 실어 오는 줄로 안다. 동일한 증상이라도 수십 가지 원인을 복잡하게 추론해서 판단하고, 자신의 판단에 무거운 책임감을 느끼며, 여러 시간 수술대에 서야 하는 그 긴장감을 알지 못한다.

몸뚱이는 다 컸어도 여전히 철부지인 아들놈들 때문에 친구는 고민이 이만저만 아니다.

세상 모든 자식은 부모의 일을 알 수 없다. 경험할 수도 지켜볼 수도 없다. 어쩌다 이야기로 들을 뿐이다. 들어도 마찬가지다. 듣는 것과 체험하는 것은 아주 다르니 말이다. 체험할 수 없으니 체득할 수도 없다. 그러니 모르는 것이 당연하다.

문제는 모르면서 쉽게 판단한다는 것이다. 알 수 없으면서 다 안다고 큰소리 떵떵 치는 것이다.

왠지 부모 일은 죄다 쉬워 보여 그런다. 쉽게 밥 차려주고 쉽게 학원 보내주고 쉽게 필요한 것을 사주니 그런 거다. 자식들에게 부모는 늘 만만해 보인다. 또 사실 그렇기도 하다. 아낌없이 모두 주기 때문이다.

자식들은 늘 성공한 사례만 본다. 부단히 시도한 것들 중에서 무수한 실패는 본 적이 별로 없다. 성공해서 잘된 지금 현재 것만 보고 역산해서 꿰맞출 뿐이다. 아프지 않도록 꼭 싸매서 보호했기에 그런 거다.

쉽고 만만하게 머릿속에서만 계산한 것이 세상에 통할 리 없다. 자식들은 그토록 쉬워 보이고 만만해 보이던 세상이 자꾸 자기 발

뒤꿈치를 채는 것에 화를 내고 만다. 비로소 현실에 부딪혀 깨진 후에야 뭐가 잘못됐는지 알게 된다. 그때라도 알게 되면 다행이다. 평생 모르는 사람들도 아주 없진 않으니까.

모든 것이 마음 문제다.

부모가 아껴야 할 마음을 풀어놓았기 때문에 이리됐다. 자식들이 경험하고 체험하도록 했어야 했다. 아픔에 괴로워하는 것을 보고 참았어야 했다. 나서지 말고 멈춰서 기도했어야 했다. 체득하기를 바랐어야 했다. 모든 것이 마음 문제니까.

자린고비 정신은 재물을 아끼는 것이 아니라 마음을 아끼는 정신이다. 풍족하다고 재물을 허랑하게 쓰지 않듯, 필요하다고 마음을 넘치게 주지 않는 것이다. 이 정신은 부모에게만 필요한 것이 아니다. 세상 모두에게 늘 필요한 정신이다.

과도하게 넘치는 마음을 막아야 한다. 멈춰야 한다. 안쓰러워도 걱정되어도, 심지어 불안해도 마음을 아껴야 한다. 마음이 간절한 만큼 일이 잘되기를 기도하며 멈춰 서야 한다. 멈춰 섬은 포기가 아니다. 나약한 도피나 방기가 아니라 큰 용기의 우뚝함이다.

아낄 줄 알고 멈출 줄 알고 기다릴 줄 알아야 한다.

마음 절약을 해야 한다. 사랑할수록 더 그래야 한다. 그것이 자린고비 정신이다.

자기 위치를
아는
것이야말로
용기다

9관

나의 좌표

〈두더지의 결혼〉

"잘될 거야, 날 믿어"라는 말의 신빙성은
당신의 행동에 달려 있다.
당신이 지금 자신의 좌표에서
발걸음을 내일로 떼어놓고 있느냐,
아니면 이전 성공의 달콤한 단물에 젖어
멈추었느냐에 달려 있다.

열심히 한 다음이
걱정인 사람들

중학교, 고등학교와 달리 대학에선 자신이 듣고 싶은 과목을 신청해서 수강할 수 있다. 수강신청은 자신이 배우고 싶고 알고 싶은 것을 정하는 중요한 일이다. 그런데 언제부턴가 부모가 수강신청을 대신하기도 한다는 거다. 믿기지 않겠지만 정말 그렇다. 또 회사 중역인 친구들 말을 들어보면, 입사 때나 연봉협상 때 부모가 같이 오기도 한단다.

이런 상황이 정상일 수는 없다. 자기가 배울 것이고 자기가 다닐 회사다. 스스로 부딪치고 겪어 스스로 헤쳐나가야 하는 인생이다. 거기에 힘겨움도 있지만 당연히 희열도 있다. 자기 것이니 말이다. 게임을 지켜보는 것도 재미있지만 게임을 직접 하는 것에 비길 수는 없다. 자신이 해야 참 재미가 생긴다. 게임도 그렇고 스포츠도 그렇고 인생도 그렇다.

남이 대신해주는 것이 자연스럽게 느껴진다면 그것이 문제고, 그 상황이 심각한 문제란 사실을 못 느끼면 큰 병이다.

극성스러운 부모야 할 말이 많겠지만, 정작 문제는 그들보다 당사자들이다. 자신이 알고 싶은 것도 남이 판단해주고 자신이 하고 싶은 것도 남이 정해줘야 한다면, 자신은 대체 뭘 알고 싶고 뭘 하고 싶은 걸까? 정확하게 말해 '자신'이란 것이 있기는 한 걸까?

이런 상황에는 단순히 '남이 해주면 편리하기 때문에'보다 더 큰 이유가 숨어 있다. 종종 당사자조차 그 이유를 모르기도 한다.

본질은 겁이 나서다. 겁이 나서 도망치고 남에게 대신 시키거나 남이 하도록 방임하는 거다. 실패가 두렵기에 부모가 나서서 수강 신청을 해준다고 할 때 적극적으로 말리지 않는 거다. 나보다 더 잘 선택할 거란 생각보다 내가 선택하지 않으면 도망칠 구석이 있다는 생각 때문이다. 혹시 그 과목에서 A를 받으면 '내가 잘한 것'이고, C를 받으면 '내가 선택한 것이 아니니 나와 맞지 않아'라고 도피할 수 있어 편하다. 그러니 실패는 없다. 내 선택이 아니니 내 실패가 아니다.

그렇게 실패라는 것이 내 눈앞에서 사라진다. 싹, 말끔히.

간혹 보면 최선을 다하지 않는 이유가 특이한 사람이 있다. 열심히 한 다음이 걱정이라 일부러 최선을 다하지 않는다는 거다.

적당히 하면 좋은 점이 있다. 일이 잘되면 '이 정도 해도 되니 내 능력이 뛰어나구나'라는 생각이 든다. 만족감이 끝내준다. 일이 잘되지 않아도 괜찮다. '열심히 안 해서 그렇지, 내가 마음만 먹으면 이쯤이야 껌이지 뭐'라고 자위할 수 있으니까.

최선을 다하지 않고 일부러 적당히 하는 이유도 수강신청을 대신하게 하는 것과 마찬가지다. 도망칠 구석을 만들기 위해서다. 결과를 똑바로 마주 볼 용기가 없어서다.

이런 겁쟁이들은 뭘 하든 자기 마음속에 늘 빈 공간을 만들어 둔다. 일이 틀어지면 거기로 도망치면 된다. 숨어서 두근거리는 가슴을 진정시키려고 일부러 만들어낸 그 공간은 온갖 거짓의 집결지이자 평계의 온상이다.

거기서는 세상을 두 쪽 냈다가 붙일 수도 있고, 하늘을 갈라서 바다에 던져버릴 수도 있다. 이번 일이 틀어진 원인을 백만 가지도 더 주워섬길 수 있고, 세상이 문제인 이유를 게거품 물고 성토할 수도 있다.

누구든 위로는 필요하다. 비록 거짓이라도 가끔은 위로가 힘이 된다. 하지만 거짓이 지속적으로 반복되면 문제다.

거짓을 진실이라 믿고 말과 행동을 상습적으로 반복하는 리플리 증후군(Ripley Syndrome)이 별거 아니다. 객관적으로 정말 이상하고 틀린 건데도, 자신만은 맞는다고 믿고 우긴다. 당연히 남들 시선과 남들 말에 억울해 미칠 지경이 된다. 그럴수록 더 자기 속으로 파고들어 새로운 거짓을 지어낸다. 상처를 싸매고 치료해야 하니 그렇다.

시작은 늘 별것 아니지만 끝은 늘 별것이 된다. 마음의 도피처가 거짓이라는 걸 처음엔 자신도 안다. 겁이 나서 그렇다는 걸 이때는 안다. 하지만 차츰 희미해지고 나중엔 까맣게 잊는다.

이 익숙한 마음속 거짓 공간은 그래서 문제다. 점점 현실로 나갈 생각을 못 하게 하고, 벗어나지 못하도록 중독되게 한다. 마약이나 다름없다.

좌표를 잃으면
길을 잃는다

두더지가 딸을 낳았다. 엄마 두더지 눈에는 천하일색으로 보였다. 세상에 이렇게 예쁜 딸을 주변의 하찮은 두더지에게 시집보낸다는 건 생각만 해도 끔찍했다. 그래서 최고의 신랑감을 구해주기로 했다.

그녀가 보니 하늘에 있는 해가 가장 높아 보였다. 하늘로 올라가 해를 불렀다.

"당신이 가장 높은 것 같으니, 내 딸을 당신에게 시집보내겠어요. 어때요?"

해님이 보니 두더지였다.

"내가 높이 떠 있기는 해도 구름이 나를 덮으면 나는 보이지 않는다오. 구름이 나보다 더 대단하다오."

엄마 두더지가 구름을 찾아갔다.

"당신이 제일 대단한 것 같으니, 내 딸을 시집보내겠어요."

구름이 말했다.

"바람이 불 때마다 난 달아날 수밖에 없어요. 바람이 나보다 더 센 것이 분명해요."

그러자 바람을 찾아갔다.

"내가 세긴 하지만 아무리 불어도 저 담벼락은 꿈쩍도 안 하니, 저 담벼락이 나보다 더 윗길이오."

다시 담벼락을 찾아갔다. 담벼락은 인상을 찌푸렸다.

"내가 세긴 뭐가 세단 말이오. 당신 같은 두더지가 땅속으로 다니며 밑을 쑤셔대는 통에 정신이 없소. 조만간 뒤집혀 넘어질 것 같아 골치가 지끈지끈 아프오."

결국, 엄마 두더지는 두더지를 찾아갔다. 그리고 자기 딸을 두더지와 결혼시켰다.

〈두더지의 결혼〉 이야기는 우화다. 두더지가 해를 만나러 하늘에 올라간다는 거나 바람과 대화한다는 건 말이 안 되지만, 인간사를 그대로 투영해서 들려주기 위해 지어낸 이야기다.

핵심은 두 가지다. 엄마 두더지는 제 주제를 몰랐다는 것, 그리고 결국 알고 돌아왔다는 것.

엄마가 딸을 위해 좋은 신랑감을 찾으려는 것은 당연하다. 잘못은 아니다. 하지만 너무 과했다. 전혀 어울리지 않는 엉뚱한 자들에게 시집보내려 했다. 딸을 사랑해서 딸을 망칠 뻔했다. 그걸 엄마만 몰랐다.

만약 엄마 두더지 소원대로 됐다면 딸은 어떻게 됐을까?

해와 결혼했다면, 언제나 우러러보기만 하고 살았을 거다. 감히 말도 못 붙이고.

구름과 결혼했다면, 늘 허황된 꿈을 좇는 남편을 시선으로나 따라다녔을 거다. 남편은 근거 없는 허풍에 늘 분주하니 말이다.

바람과 결혼했다면, 안 봐도 빤하다. 바람은 한곳에 머물지 않는다. 바람기란 말이 달리 생겼겠는가.

담벼락과 결혼했다면, 든든하기는 했을 거다. 평생 벽창호 같은 인간이라고 가슴을 치며 살아야 하겠지만.

엄마 두더지의 문제는 주변의 다른 두더지를 무시해서가 아니라, 다른 두더지와 함께 사는 딸의 모습을 받아들일 수 없었다는 거다. 두려움에 공허하고 헛된 그것이 거짓을 만들어냈다.

'내 딸은 가장 높고 세고 대단한 자와 결혼해야 해.'

딸이 아무리 천하일색이라도 두더지는 두더지다. 미인 두더지도 두더지 중에서 미인이다.

엄마는 저 자신이 누구인지 잊어버렸고 그래서 나아갈 좌표를 잃어버렸다. 위치를 잊으면 삶의 방향이 혼란스러워지고 이리저리 흔들린다. 자신을 잊고 방향을 잃으면 폭주하게 된다. 정한 이치다.

그래도 두더지가 자기 위치를 다시 찾게 된 것은 해와 구름과 바람과 담 덕분이다. 고마운 그들은 꾸짖지 않고 담담하게 일러주었다.

'당신은 당신이 서야 할 곳에 서 있을 때가 가장 아름다워요.'

잠시 길을 잃고 헤매던 두더지는 그 덕에 살았다. 다시 길을 찾았다. 그렇지 않았다면 두더지는 평생 뱅글뱅글 돌았을 거다. 삶의 의미도 방향도 모르고 분주하게 뛰어다니기만 했을 거다.

두더지만 그런 게 아니다. 좌표를 잃으면 누구든 다 그런다. 끊임없이 분주하게 평생을 뱅글뱅글 돈다. 어지러움에 욕지기를 하면서도 멈추질 못한다.

길을 잃었기 때문이다. 자신이 누구인지, 어디에서 왔고 어디로 가는지 잊었기 때문이다.

자만심에 취하지 말고
자신감을 가져라

"너 자신을 알라."

오래된 그리스 격언 중에 소크라테스가 해서 유명해진 말이다. 너의 본질, 너의 좌표를 알라는 말이다. 이 격언에 우리는 반사적으로 고개를 끄덕인다. 맘에 새기고 지켜야 할 가르침으로 받아들인다.

그런데 이 말을 '네 주제를 알라'로 번역하면 조금 고깝게 들린다. 왠지 무시하는 것처럼 느껴진다. '너는 안 돼'나 '그 정도도 감지덕지해야지'처럼 들리기 때문이다. 하지만 오해다. 공연한 자의식이다.

소크라테스의 의도는 정확하게 이것이었다. 네 위치, 네 좌표, 네 주제를 정확하게 판단해서 아는 것이 모든 것의 시작이란 의미였다. 그가 우리를 비하한 것도 아니고 낙심시키려 한 것도 아니다. 오히려 용기를 가지라고 한 말이다.

자기 위치를 찾으려면 큰 용기가 필요하다. 대면하고 싶지 않은 무언가를 정면으로 맞닥뜨릴 수도 있기 때문이다.

'너 자신을 알라'라는 말은 수강신청을 대신하는 일을 멈추란 말이다. 마음의 쥐구멍을 파는 일에 골몰하는 사람들에게 이제 그만하라는 말이다. 일단 스톱해야 자신이 지금 바람을 잡으려는 것인지 담벼락과 씨름하는 것인지 알 수 있기 때문이다.

똑똑한 사람들도 예비군 복장을 하면 어리벙벙해 보인다. 그리고 실제로 얼간이 짓을 하기도 한다. 제 옷이 아니기 때문이다. 제 본래 위치가 아니기 때문이다.

자기 옷을 입고 자기 위치에 서는 데에는 큰 용기가 필요하다. 피하지 않고 도망치지 않고 당당하게 그 자리에 서는 건 정말 대단한 용기다. 그 용기가 아름다운 거다. 소크라테스는 그 용기를 가지라고 말한 것이다.

용기를 낸다는 것이 말처럼 쉽진 않다. 어렵다. 두려움에 가슴이 두근거린다. 그러니 용기를 가지려면 잊지 말아야 할 것이 있다. 자기 수준을 아는 것과 자기 비하에 빠지는 것은 전혀 다른 문제다.

자기 수준을 안다는 게 결코 나쁜 것이 아니다. 내가 최선을 다해도 1등을 못 하는 것은 못난이여서가 아니다. 내게 맞지 않는 옷이기 때문이다. 희대의 농구선수가 될 사람이 축구 클럽을 기웃거리니 안 되는 것이다. 아무리 열을 내고 최선을 다해도 그저 그런 선수가 될 뿐이다.

내게 맞는 옷을 입으면 더할 나위 없이 쉽다. 농구 코트에서 공을 튀기기만 해도 그 소리가 힘차게 울린다. 코트를 지배하는 영웅이 될 날이 머지않다.

그런데 문제는 자신에게 맞는 옷인지 어떤지 아예 입어볼 생각도 않는다는 거다. 무섭고 두려워서 해보지도 않고 포기하는 것이다. 두려워 도망치면서 '어차피 해도 안 될 거였어'라고 자위하는 것이다. 못난이고 얼간이다. 그렇게 본인도 우리도, 희대의 농구선수 한 명을 잃게 되는 것이다. 우리야 아쉬울 뿐이지만 본인은 큰 손해다. 인생이 어긋났으니 말이다.

농구만 그렇고 축구만 그런 것이 아니다. 세상 모든 것이 다 그렇다. 자기 수준을 아는 것에서부터 시작이다. 그래야 거기에서 도약할 수 있는지 어떤지를 알 수 있다. 현재 자기 위치가 그리 좋지 않다고 해서 나중도 그러란 법은 없다. 수준을 아는 것과 비하에 빠지는 것은 정말 다른 문제다.

내가 남들보다 조금 덜 생겼다고 무슨 문제겠는가. 내가 조금 가난하다고 해서 무슨 잘못이겠는가. 세상엔 나보다 훨씬 예쁘고 잘난 사람들이 수두룩하고 나보다 부자들이 즐비하지만, 그게 뭐 대수겠는가. 그들은 그들이고 나는 나다.

내 수준을 안다고 해서 내가 더 못나지는 것도 아니고 더 가난해지는 것도 아니다. 내 좌표는 정확하게 늘 여기에 있다. 나는 거기에 서면 된다. 우뚝 서서 큰 걸음을 떼어 앞으로 나가면 된다. 도약하면 된다.

혹시 내 모습, 내 능력을 두고 뭐라 하는 자들이 있으면 무시해라. 고작 외모나 재능을 두고 사람을 판단하는 어리석은 두더지 같은 자들 때문에, 못 배우고 무지한 자들의 헛소리 때문에 비관할 필요 없다. 어리석은 짓이다. 용기를 내라.

뭔가 잘된다고 흥분에 휩싸이면 자신을 잊기 쉽다. 용기가 만용이 되기 쉽다. 자신감이 충만한 것과 자만심에 거들먹거리는 것은 정말 다른 문제다. 그런데 종종 혼동될 때가 있다. 다른 사람들은 몰라도 자신만은 알 수 있는 원칙이 있다.

자신감과 자만심은 ~ing이냐 아니냐에 달려 있다.

크게 성공한 자도 지금 멈춰 있다면, 옛날 타령만 하고 있다면, 그는 자만심의 어지럼증에 취해 있는 거다. 성공이 대단하고 과거의 업적도 훌륭하다. 누구도 부정하지 못할 성공이고 업적이다. 하지만 미래를 말하지 않는다면 그 길은 거기서 종결이다.

많은 것을 성취해서 출발점 당시의 좌표에 비하면 말도 안 될 위치에 서 있다고 해도, 처음처럼 노력하고 처음처럼 도약하려는 용기를 내지 않으면 자만이다. 자만으로는 결코 성공하지 못한다.

4년마다 열리는 올림픽에서 두 번, 세 번 연속해서 메달을 따는 일이 왜 어렵고 왜 엄청난 것인지 한번 생각해보라. 늘 처음처럼 해야 하기 때문이다.

어떤 좌표든 시작은 늘 낯설고, 시작은 늘 처음부터 다시다. 리셋(reset)이다. 이전의 성공과 업적을 들먹이는 것은 또 다른 마음의 도피처를 파는 두더지 같은 짓이다. 본인도 주변 사람도 인정할 만한 대단한 업적이기에 도피처가 아닌 듯 보여도, 실은 같은 쥐구멍이다. 실패가 무서워 도망친 겁쟁이 쥐구멍이다.

앞으로 나가야 한다. 지금 떼는 발걸음이 성공인지 실패인지는 중요치 않다. 그건 아무도 모른다. 미래는 신만 안다. 단지 우리는 진행하면 된다. ~ing 하면 된다.

"잘될 거야, 날 믿어"라는 말의 신빙성은 당신의 행동에 달려 있다. 당신이 지금 자신의 좌표에서 발걸음을 내일로 떼어놓고 있느냐, 아니면 이전 성공의 달콤한 단물에 젖어 멈추었느냐에 달려 있다.

자만심에 취하지 말고 자신감을 가지라. 두려워도 한 걸음 떼어놓으라. 비록 실패여도 웃으며 다시 두 걸음 떼어놓으라. 그러면 된다. 앞으로 걸어가면 된다.

큰 용기는 날마다 거울을 보고 멋지게 걸음을 떼어놓는 것이다.

큰 용기는 지금도 진행 중인 바로 당신이다.

자기 위치를 아는 당신은 항상 ~ing다.

모두가
아니라고 해도
나는 나를
믿어야 한다

10관

복을 키우는 자존감

〈내 복에 먹지〉

적어도 당신은 당신 복으로 산다.
세상 모두가 비웃고 무시해도 당신은 당신 복으로 산다.
남들이 나를 추어준다고 내가 더 잘난 사람이 되는 것도 아니고,
남들이 나를 깎아내린다고 내가 더 못 난 사람이 되는 것도 아니다.
나는 나다.

너는
누구 복에 먹고사니?

큰 부잣집이 있었다. 아버지와 어머니 그리고 세 딸이 살았다. 잘 먹고 잘 살았다.

어느 날 아버지가 첫째 딸을 불러 물었다.

"너는 누구 복에 이렇게 잘 먹고 잘 사느냐?"

복에 겨워 그랬는지 심심해서 그랬는지, 쓸데없는 '답정너' 질문을 했다. 답은 정해져 있으니 너는 그냥 그렇다고 대답하면 돼. 첫째 딸은 모범답안을 말했다. 생글생글 웃으며 당연히 아버지 덕으로 잘 먹고 잘 산다고 말했다.

그 정도 했으면 될 것을 아버지는 둘째 딸을 불러 같은 질문을 했고, 둘째도 같은 답을 했다. 사람이 멈춰야 할 때를 아는 것이 정말 중요한데, 가끔은 브레이크 없는 자동차로 질주하는 듯이 산다. 마지막으로 셋째를 불러 같은 질문을 했다.

그런데 막내는 너무 당연한 것 아니냐는 표정으로 이렇게 말했다.

"누구긴 누구겠어요, 내 복에 먹고사는 거지요."

부자 아버지는 머리가 띵했다. 솔직히 말해서, 어떤 '딸년'이든 눈 동그랗게 뜨고 천연덕스럽게 요따위 말을 하면 모든 아버지는 충격을 받을 거다.

누구 복이니 어쩌니는 재미 삼아 물은 거였다. 재미로 시작했으니 웃고 끝내면 되지만, 사람 사는 것이 어디 그런가. 종종 작은 일이 큰일이 된다. 충격에 사로잡힌 아버지는 막내의 당돌함에 발끈함을 넘어 분노로 온몸이 와들와들 떨렸다.

화가 난 아버지는 "그렇게 네 복에 잘 사는 거라면, 어디 네 멋대로 잘 살아봐라!"라며 집에서 썩 나가라고 고함을 쳤다.

그래도 막내딸은 눈 하나 깜짝 안 했다. 자신이 가지고 있던 온갖 패물과 보배는 그대로 놓아두고, 곳간에 들어가 자기 몫이라며 '3되 3홉의 쌀'을 퍼서는 집을 나섰다. '되'는 사발 크기고 '홉'은 소주잔 정도 크기니, 얼추 1리터짜리 페트병으로 다섯 개 정도의 쌀만 들고 집을 나온 것이다. 엄청난 재산에서 그야말로 고작 한 주먹도 안 되는 것을 들고 나온 이유는 간단했다.

"이건 제 복이에요."

집에서 쫓겨난 막내딸은 숯장수를 만나 살게 됐다.

어느 날 그녀가 남편을 따라 숯 굽는 곳에 갔다. 가만 보니 숯을 굽는 가마가 온통 금덩이로 만들어져 있었다. 그런데도 남편은 그걸 모르는 거였다. 그녀가 말했다.

"내일은 숯을 굽지 말고, 저 돌멩이들을 시장에 내다 파세요."

남편이 보기엔 말도 안 되는 소리였다. 돌멩이를 팔다니, 어떤 정신 나간 사람이 그걸 산단 말인가.

"시장 사람들이 아무리 놀려도 꾹 참으세요. 그러다가 어떤 노인이 와서 사려고 하면 꼭 제값을 받고 파세요."

그러며 터무니없이 높은 가격을 말해줬다. 숯장수는 모든 성공하는 남자가 그랬듯이 아내 말을 잘 들었다. 아내가 시키는 대로 시장에 돌무더기를 쌓아놓고 그 앞에 앉았다.

돌을 팔려 한다는 소문이 삽시간에 퍼져나갔다. 시장 사람들이 다 비웃었다. 놀리고 발로 툭툭 차고…, 수모가 장난이 아니었다. 그래도 숯장수는 꾹 참았다. 아내가 참으라고 했으니까.

얼마가 지났다. 정말 아내 말대로 웬 노인이 지나다가 그 앞에 서서는, 그 돌멩이들을 죄다 값을 치르고 가져갔다.

그렇게 막내딸 부부는 큰 부자가 됐다.

부자가 됐지만 막내딸은 마음이 편치 않았다. 부모 생각에 그만 병이 들었다. 걱정하는 남편에게 소원을 말했다.

"걸인잔치를 성대하게 열흘만 벌여줘요."

그러고는 솜씨 좋은 목수를 불러, 대문을 여닫을 때 나는 찌그덕 소리 대신에 '지 복에' 소리가 나게 해달라고 했다. 목수의 솜씨가 어찌나 대단한지 그 괴이한 부탁대로 대문을 여닫을 때마다 '지 복에, 지 복에' 소리가 났다.

걸인 잔치가 열렸다.

동네방네 소문이 났다. 온 나라 걸인들이 몰려들었다. 마지막 열흘째가 되는 날, 어떤 늙은 거지 부부가 그녀 집으로 들어서다가 대문에서 '지 복에' 하는 소리가 나자 그만 우뚝 멈춰 서서는 눈물을 펑펑 흘렸다.

바로 막내딸의 부모였다. 막내딸은 그렇게 부모를 찾았고, 모시고 잘 먹고 잘 살았다고 한다.

이 이야기의 제목은 〈내 복에 먹지〉다.

막내딸의 말이 제목이 됐다.

내 복에
잘 먹고 잘 산다

숯장수는 부자가 될 수 있었다. 가능성은 늘 있었다. 옆에 늘 금덩이가 있었으니까. 하지만 못 알아봤다. 숯장수를 보고 어리석다고 하면 안 되는 것이 시장 사람들도 모두 못 알아보지 않았던가.

그러니 '그들은 왜 금덩이를 못 알아봤을까?'가 아니라, '막내딸은 어떻게 금덩이를 알아봤을까?'가 제대로 된 물음이다.

답은 싱거울 정도로 단순하다. 막내딸에겐 눈이 있었기 때문이다. 금을 알아볼 수 있는 눈, 그것이 바로 그녀의 복이었다.

숯가마 주변에는 그야말로 금덩이가 돌멩이처럼 널려 있어, 누구든 지나다 주워가도 누구 하나 뭐라 할 사람이 없었다. 그러나 아무도 그렇게 하지 않았다. 돌멩이라고 생각했기 때문이다. 막내딸만 달랐다.

눈앞에 금덩이를 놓고 못 알아보는 일이 이 이야기에만 있는 것도 아니고 옛날에만 있던 일도 아니다. 늘 있다. 이렇게 밝고 환한 현대에 똑똑한 사람들이 수두룩한 시대에도 늘 있다.

스티븐 킹(Stephen Edwin King)의 원작 소설로 만든 〈쇼생크 탈출〉이라는 기가 막힌 영화가 있다. 영화를 본 사람들은 하나같이 엄지를 치켜세우는 수작이자 명작이다. 하지만 그건 결과지 시작은 아니었다.

스티븐 킹은 이미 유명한 소설가인 데다 그의 소설로 만든 영화나 드라마도 많았고, 흥행 측면에서도 대단했다. 그런 영화나 드라마를 수입해서 상영하면 큰 돈벌이가 됐고, 그렇게 수입하는 게 처음 있는 일도 아니었다.

그런데 어느 날, 에이전시 일을 하는 어떤 분이 안타까움에 고민에 빠졌다. 아무도 〈쇼생크 탈출〉 판권을 사려 하지 않는 거였다. 수입업자들이 영화를 보지 않고 그렇게 판단한 것도 아니었다. 봤지만 아니라는 거였다. 그러나 자신이 보니 이 영화는 그야말로 대박이었다. 하지만 이상하게도 사겠다고 나서는 사람이 없었다. 아무리 설득해도 흥행이 안 될 거라며 고개를 저었다. 보다 못한 이 담당자가 자기 돈으로 〈쇼생크 탈출〉 한국 판권을 샀다. 아쉽고 아깝고 안타까워 그랬다. 경쟁이 없으니 가격도 쌌다.

그 결과는 우리 모두가 아는 대로다. 대박 중의 대박이었다. 영화관 상영은 물론 명절 때마다 텔레비전에서 반복적으로 틀어주었다. 그 판권 수입으로 그분은 짭짤하다 못해 '이렇게 그냥 돈을 벌어도 되나' 싶을 정도로 벌었다고 한다. 돌덩이가 금덩이가 된 것이다.

유명한 소설《해리포터》도 그랬다. 말도 안 되는 소리로 들리겠지만, 처음 이 소설 판권이 시장에 나왔을 때는 아무도 사려 하지 않았다. 물론 이때는 소설 1편만 나온 때여서 앞으로 어떻게 될지 알 수가 없긴 했다. 하지만 이 작품이 영국과 미국에서 뜨고 있었고 영화 제작 계약을 한단 소문도 돌아다녔다. 게다가 그리 비싼 가격도 아니니 소설 판권을 살 만도 했다. 하지만 다들 손을 저었다.

"애들이나 읽는 동화책 아냐?"

그랬다. 이런 생각에 다들 반짝거림을 못 보고 지나쳤다.

결국 어떤 출판사도 선뜻 나서지 않을 때 가치를 알아본 출판사가《해리포터》한국어 판을 냈고, 아시다시피 엄청난 베스트셀러가 됐다.

사실《해리포터》를 낸 출판사도 내부적으로 이런저런 반대의 목소리가 있어 엎치락뒤치락이 없지 않았단다. 끝까지《해리포터》를 내야 한다고, 이건 정말 황금 덩어리라고 믿은 사람이 있었다. 그가 바로 막내딸 같은 이였다. 조금 과장되게 말하자면, 그는 아무도 돌아보지 않던 돌멩이로 황금을 만든 연금술사라고 해도 될 것이다. 아니면 마법사든지.

사실 막내딸은 연금술사도 아니고 마법사도 아니다. 그녀는 있는 그대로 가치를 볼 줄 아는 현명한 눈을 가진 지혜로운 자였을 뿐이다. 다른 자들은 가치를 제대로 볼 줄 모르는 평범한 사람이었고.

그런데 세상이란 참 이상한 곳이어서 평범한 사람들이 지혜로운 자를 배척하는 일이 종종 벌어진다. 금덩이를 쌓아놓고 팔려는 숯장수를 조롱하며 발로 툭툭 차던 사람들의 비웃음이 그렇다. 누가 누구를 비웃어야 한단 말인가. 누가 얼간이란 말인가.

하지만 더 심한 바보는 복덩이를 알아보지 못한 아버지다.

생각해보라. 금덩이를 알아보는 '눈'보다 더 귀한 것은 금덩이를 알아볼 줄 아는 '사람' 아니겠는가. 그런 복덩이 막내딸을 분노와 흥분으로 내쫓은 사람이 아버지였다. 돌멩이처럼 보이는 금덩이를 발로 차며 조롱한 자들보다 더 어리석은 짓을 한 것이다.

막내딸이 병이 난 이유가 그것이다. '진정한 가치를 볼 줄 모르는 분이니 어쩌지…' 하며 앞날을 짐작해서 병이 났던 것이다. 자신을 몰라준 아버지가 망했으면 좋겠다는 나쁜 생각으로 거지가 됐으리라고 억측한 것이 아니다.

물론 그녀는 자기 언니들에 대해서도 정확히 꿰뚫어 보고 있었다.

그래, 첫째와 둘째 딸은 어떻게 됐을까?

그토록 부자이던 집이 망해서 부모가 걸인이 됐다면 그녀들은 어떻게 됐을까? 망하기 전에 시집갔나? 갔다면 부모가 지금 유리 걸식하는 것을 알고는 있나?

그녀들은 시집가서 잘 먹고 잘 살고 있었다. 자기들만 잘.

어떤 각편에서는 그 두 딸이 부모 재산을 홀랑 말아먹어 부모가 거지가 된 거라 하고, 또 어떤 각편에서는 부모가 불치병에 걸렸는데 낫지 않는 이유가 그녀들 때문이라고 말한다. 용한 의원이 "금으로 된 식기에 밥을 담아 먹어야 낫는다"라고 했지만 황금 식기를 딸들이 싹 가져가서 시름시름 앓는 거였다.

지나고 보니 알게 됐다. 막내딸이 금덩이고 첫째와 둘째는 알랑방귀만 뀌는 돌멩이였다는 것을. 아버지는 돌멩이를 끌어안고 금덩이를 발로 차버렸던 거다. 시장 사람들처럼.

부잣집도 망하고
우주선도 폭발하고

이야기는 간단한데, 뭔가 시원치 않다.

결과를 놓고 보면, 막내딸이 쫓겨난 후 집이 망했으니 막내딸 덕분에 부자로 산 것이 된다. 하지만 그녀가 자기 복이라며 가지고 나온 건 단지 3되 3홉의 쌀이었다. 고작 쌀 한 움큼 때문에 부자가 됐다가 망했다가 한단 말인가?

　부잣집 귀한 막내딸이니 그녀가 직접 농사를 짓거나 장사를 했을 리 없다. 돈벌이는 고사하고 청소를 하거나 밥을 짓지도 않았을 거다. 종들과 머슴이 얼마나 많았겠는가.
　그럼 막내는 뭘 한 거지?
　그녀는 아버지 집에서도 뭔가 일을 했다. 분명 일을 했다. 하지만 쉽게 답을 못 찾는 것은 세상이 종종 겉으로 드러난 크기와 규모로만 판단하기 때문이다. 남들 보기에 그녀가 한 일은 무척이나 사소해 간과하기 쉬운, 별것 아닌 일이었다.
　사실 막내딸은 자기 일이 대단하다고 한 적이 없다. 우리 착각은 애초부터 막내딸의 말을 멋대로 들어서 생긴 것이다. 그녀는 정확했다. 우리가 내 맘대로 듣고 판단했을 뿐이다. 그녀는 "내 복에 먹고살지"라고 했지 "아버지 집이 부자인 건 다 내 덕이에요"라고 말하지 않았다. 막내 말에 발끈한 아버지처럼 우리 모두 제 편한 대로 오해했던 것이다. 우리가 문제였다. 그녀가 아니라.
　그녀는 단지 '나는 내 복에 먹고살아요'라고 했다. 그게 사실이니까.

　생각해보라. 그녀는 집에서 쫓겨날 때 고작 3되 3홉의 쌀을 퍼서 가져갔다. 고작 그것을 '자기 복'이라고 말했다. 그렇다. 그녀는 자신이 이 거대한 집에서 한 일이, 그리고 자신의 복이 딱 그 정도라고 생각했다. 고작 페트병 다섯 개 정도가 제 몫이라고 생각한 거다. 그녀는 자신을 과신하지도 맹신하지도 않았고, 허풍선이처럼 부풀리지도 않았다. 냉정하게 자기 위치와 자기 능력을 알았고, 정확히 그만큼만을 말하고 그만큼만을 행동했다.

우리가 착각한 이유는 부자란 뭔가 엄청난 돈벌이를 해야 한다는 고정관념에 빠져 있기 때문이다. 즉, 돈벌이'만'이 부자 되는 방법이라고 맹신해서다.

물론 부자가 되려면 돈을 벌어야 한다. 장사도 하고 농사도 지어야 한다. 하지만 그것'만'이 다가 아니다. 열심히 일하고 이윤이 꼬박꼬박 나는데도 허덕이는 원인은 앞에서는 남아도 뒤로 밑지기 때문이다. 버는 것이 줄줄 새기 때문이다. 어딘가 중요한 나사하나가 빠져 있는데 그걸 모르기 때문이다.

그게 대체 뭘까? 그걸 막을 수만 있으면 좋겠는데.

막내딸이 한 일이 바로 그것이다. 그녀는 밥을 짓지도 않고 설거지를 하지도 않았으며 장사며 농삿일에는 얼씬도 안 했다. 하지만 그녀가 부엌에 가서 일하는 종들에게 "언니, 고생이 많아. 언니가 어제 한 밥 정말 달고 맛있더라"라고 했다면, 빨래터에서 돌아오는 종들에게 "이모들이 이불을 시원스럽게 빨아줘서 덮고 자면 정말 포근해"라고 말했다면 어떻겠는가?

부잣집 귀한 딸답지 않게 여기저기 다니며 이해해주고 공감해주고 생글생글 웃으며 끄덕여주던 막내딸이 어느 날 갑자기 사라졌다면, 그 집에는 무슨 일이 벌어질까?

감히 종년들 주제에 나리마님께 말씀드리지는 못하지만, 막내딸을 그렇게 쫓아버린 것이 너무 박정하단 생각이 들지 않을까? 집안 곳곳에 윤활유처럼 스며들어 부드럽게 돌아가게 하던 막내딸의 말과 행동이 없어지고, 이제 여기저기에서 찌그덕 소리만 새어 나오니 사람들의 스트레스 레벨이 올라가지 않았을까?

어려운 말이 아니다. 직장이나 학교처럼 멀리 있는 걸 떠올리지 말고, 그냥 당신 집을 생각해보라.

가족 중 누가 입대하거나 유학을 가면 집안 분위기가 어떤가? 누구 한 명 아파서 누워 있으면 집에 어떤 느낌이 감도는가? 돈 벌어오는 것도 중요하고 살림하는 것도 중요하다. 하지만 더 중요한 것이 있다. 드러나지 않고 티 나지 않고 별로 대단해 보이지도 않지만 가장 필요한 것인데, 그것이 없는 가정이 있다.

'든 사람은 몰라도 난 사람은 안다'고 했다. 그냥 있을 때는 가치를 모르지만 그것이 문득 사라지고 나면 그 사람이 진짜 중요한 사람, 즉 키 맨(key-man)이라는 것을 깨닫게 된다. 있으나 마나 했는데, 그냥 군더더기 식구라고 생각했는데, 그가 진짜 알짜였던 거다. 있을 때는 몰랐는데 막상 사라지고 나니 절실한 거다. 뒤늦게 땅을 쳐도 소용없다. 있을 때 잘했어야 한다.

아버지가 막내딸의 가치를 못 본 이유는 단순하다. 실제로 그녀가 하는 일이 도드라지는 게 아니기 때문이다. 고작 3되 3홉 정도다. 하지만 몇 푼 안 되는 그 일이 전체를 돌아가게 했다. 막내딸이 없는 집은 아무것도 아닌 집이었다. 망하는 것이 당연했다.

1986년 1월 28일 케네디 우주 센터에서 우주왕복선 챌린저호가 전 세계 사람들이 지켜보는 가운데 하늘 높이 치솟았다. 하지만 70여 초 후, 발사 성공을 축하하는 박수가 채 잦아들기도 전에 14.5킬로미터 상공에서 폭발하고 말았다.

천문학적 돈이 들어간 우주선이 폭발함으로써 엄청난 손해가 난 것은 물론이고 우주 탐사에 차질이 빚어진 것도 그렇지만, 승무원 일곱 명 전원이 사망했다는 사실은 사람들에게 엄청난 충격을 안겼다.

후일 챌린저호 폭발 원인을 조사한 보고서를 보면, 맘이 더 착잡해진다. 모든 것이 완벽하게 구비되어 있고 몇 번의 테스트를 했던 프로그램 등에는 문제가 없었으나, 단지 접합용 패킹의 일종인 고무링(O-ring)이 불량이었던 것으로 판명 났기 때문이다. 천문학적 예산이 들어간 우주선이 고작 몇 달러도 되지 않는 고무링 때문에 폭발하고 만 것이다.

그렇다면 이 고무링을 고작 몇 달러짜리에 불과하다고 말할 수 있을까?

세상일은 늘 모든 것이 합해져서 선을 이룬다. 문제는 그 사실을 자주 망각한다는 점이다. 사람들은, 특히 리더들은, 특히 부잣집 아버지 같은 자들은 잘된 것이 모두 자기 덕이라고 우기듯 믿어버린다.

그래, 당신처럼 능력 있는 지도자, 당신처럼 훌륭한 부자 아버지들의 노력과 열정이 조직을 잘되게 하고 부자가 되게 한 것이 맞다. 당신이 없었으면 안됐을 것이 틀림없고, 성공에 끼친 당신 지분이 3되 3홉보다 더 큰 것도 확실하다.

하지만 당신 홀로 이 모든 일을 하지 않았고, 다 할 수도 없었다. 이 또한 명백한 진실이다. 그런데 왜 그것을 잊어버리는가? 아니 잊어버린 것인가, 잊고 싶은 것인가?

그런 망각과 착각이 "저에겐 제 복이 있어요"라는 딸의 말을 멋대로 도전으로 해석해버리게 한 거고, 끓어오르는 분노로 복덩이를 발로 차버리는 어리석은 짓을 하게 한 거다.

말로는 '우리 모두 합력해서 잘 사는 거야'라고 외치지만 잘되면 자기 덕이고 안되면 만만한 자의 탓으로 돌린다면, 우리에게 미래는 없다. 부잣집은 망하고 우주선은 폭발한다.

원망과 한탄으로
시간 낭비하지 않기

자, 막내딸, 바로 당신. 당신은 자신이 능력 있다는 것도 알고, 자기 복으로 먹고산다는 것도 안다. 하지만 조직이, 집이, 그곳의 모든 사람이 당신을 인정하지도 않고 이해하지도 않는다. 때로는 당신을 떼어버리려 한다. 냉혹한 현실은 이렇듯 당신 맘대로 결정하고 조정할 수 있는 것이 아니다.

자, 그러면 당신은 어떻게 해야 할까?

일단, 하지 말 것이 있다. 가장 어리석은 짓은 쫓아낸 아버지를 원망하며 세월을 허송하는 것이다. 아버지의 눈이 밝지 못하고 그 행동이 과도한 것이 사실이니, 그에 대해 뒷말을 하는 것이 틀린 것도 아니고 정당화되지 못할 것도 아니다. 자신의 아픈 상처를 달래기에도 이만한 안줏거리가 없으니 재미도 쏠쏠하다. 하지만 가장 멍청한 짓이다. 남을 비난하고 자탄하는 것으로 자신의 소중한 시간과 정력을 허비해선 안 된다. 그런 일에서 즐거움을 느낀다면 반쯤 얼간이가 되어가는 셈이다.

리더가, 아버지가 어리석다면 그냥 내버려 두라. 그를 불쌍히 여기는 신 내린 듯한 마음까지 먹을 필요는 없지만, 그와 엮인 일로 괴로움의 나날을 더 보낼 필요는 없다. 어쩌면 그 못된 리더의 목적이 애초에 당신이 소중한 시간을 그런 생각으로 갉아먹고 낭비하도록 만드는 것일지도 모른다.

그들의 계략에 휘말리지 마라. 잊고 떠나면 된다. 막내딸처럼 당당하게 집을 나와 숯장수를 찾아가면 그만이다. 부잣집과 쓰러져가는 오막살이를 비교하며 자신의 처지가 곤궁해진 것에 낙심할 필요도 없다. 이미 벌어진 일이고, 언젠가는 이렇게 될 일이기도 했으니 말이다.

막내딸 당신이 해야 할 일은 내일을 보고 긍정적으로 나가는 것이다. 불행에서 긍정적인 생각을 한다는 것이 쉬운 일은 아니지만, 쫓겨났다는 사실에 흥분을 가라앉히고 곰곰이 생각해보라. 차분해지면 길이 보일 거다.

이래저래 그 조직에서는, 그러니까 아버지의 집에서는 당신 가치를 알아주지 않았다. 어쩌면 당신이 하던 일을 얄미운 언니들이 얼마 안 가 가로챘을지도 모른다. 그렇지 않더라도 그곳에 당신이 오래 있을 것도 아니었다. 당신 능력을 알아주지 않아서가 아니라, 알아준다고 하더라도 때가 되면 그곳을 나올 거였다. 당신도 시집은 가야 할 것 아닌가. 앞으로 일어날 일이 조금 먼저 일어난 것뿐이다.

그것이 뜻하지 않게 갑작스레 닥쳤지만 아주 뜻밖은 아니다. '자기 복'으로 산다고 한 이상 '독립'을 해야 한다. 당연하고 자연스러운 일이다. 언젠가 다가올 일이 생각보다 일찍 일어났다고 너무 괴로워할 필요는 없다. 이래저래 막내딸 당신은 당신 삶을 살아야 할 테니 말이다.

좋다. 그럼 다음은? 원망과 한탄으로 시간을 낭비하지 않고, 조금 일찍 들이닥친 현실에 주춤거리지 않았다면 다음은 어떻게 해야 할까?

자신이 가져온 3되 3홉 쌀로 밥을 맛나게 지으라. 자기만의 방식으로 자신이 할 수 있는 것을 하라.

그게 그리 대단한 일이 아닐 수도 있다. 남들이 한심하고 불쌍하다고 볼 수도 있고, 때론 비웃음을 살지도 모른다. 안됐다며 혀를 쯧쯧거리는 소리가 귀에 거슬릴 수도 있다. 과거 삶의 환영이 정신을 시달리게 할 수도 있다. 가라앉은 마음을 공연히 헤집어놓아 머릿속을 흙탕물로 만들어버려 괴로울 수도 있고 낙담될 수도 있다. 우리는 인간이고, 인간은 약하고 감정적이고 힘겨운 상황에 종종 무릎이 꺾이기도 하는 존재이니 말이다.

하지만 그렇더라도 당신이 할 수 있는 것은 있다. 그것을 하라.

당신이 늘 하던 일, 당신이 늘 할 수 있었던 일, 당신이 늘 하고 싶던 일. 바로 그 일을 하라. 바로 당신의 '복', 그것을 하라.

당신의 복된 쌀로 밥을 지으시라.

적어도 당신은 당신 복으로 산다. 세상 모두가 비웃고 무시해도 당신은 당신 복으로 산다. 남들이 나를 추어준다고 내가 더 잘난 사람이 되는 것도 아니고, 남들이 나를 깎아내린다고 내가 더 못난 사람이 되는 것도 아니다. 나는 나다.

세상 모두가 아니라고 고개 저어도, 적어도 나는 나를 믿어야 한다. 내 작은 한 움큼의 능력을 믿어야 한다. 한 움큼이지만 나에겐 나만의 복이 있다. 그건 진실이다.

그러니 믿으시라. 모두가 아니라고 해도 당신은 자신을 믿으시라. 작지만 오묘한 맛과 향을 내는 한 움큼 복을 믿으시라. 그것으로 맛난 삶을 지으시라.

복이 당신 인생을 깊고 풍부하게 할 것이다.

남이
있어야
나도 있다

11관

─ 존중하는 경쟁 ─

〈신선, 감사, 구렁이 친구〉

福

존중의 경쟁은 공정하지도 공평하지도 않은 운동장에서
펼치는 선의의 경쟁이다.
해코지하고 배제하고 몰아내는 경쟁이 아니라,
손을 잡고 도와주고 힘을 모으는 경쟁이다.
그가 있어야 내가 있다는 사실을
결코 잊지 않는 인간다운 경쟁이다.

신선, 감사,
구렁이가 된 세 친구

너무 착하고 순수하다 못해 순진한 학생들이 있다. 이들은 종종 순수함과 순진함 사이에서 갈팡질팡한다. 입시나 취업을 앞두고 하는 고민은 심지어 존재론적이기까지 하다.

"제가 합격하면 다른 친구들은 떨어지지 않겠어요?"

그래서 대학이든 직장이든 합격하게 해달라고 기도를 못 하겠단다. 농담도 아니고 장난도 아닌 진지한 물음이라, '그냥 손으로 코를 막고 입을 막아. 네가 마시는 산소 때문에 옆 친구가 숨을 못 쉴라'라고 농담을 할 수는 없었다.

그래서 이야기를 들려주었다. 〈신선, 감사, 구렁이 친구〉 이야기다.

옛날에 친구 셋이 산속으로 공부하러 올라갔다. 열심히 공부했다. 어느 날 각자 장래 희망을 말해봤다.

"난 이 세상에서 벗어나 살았으면 좋겠어. 욕심이 없어."

"난 벼슬을 해서 여기저기 다니며 일을 했으면 좋겠어."

"난 토지를 많이 차지해서 부자가 됐으면 좋겠어."

세 친구가 돌아가며 식사 당번을 했다. 어느 겨울, 눈이 많이 와서 길이 끊겨 양식이 부족해졌다.

첫째 친구는 '친구들이 고생하니 배가 더 고플 거야' 하고는 매번 자기 밥은 조금 푸고 친구들 밥은 많이 퍼주었다.

둘째 친구는 '조금씩이라도 같이 나눠 먹어야지' 하고는 밥을 똑같이 펐다.

셋째 친구는 '여럿이 먹기에는 이거 얼마 안 되는데?' 하고는 자기 밥은 많이 푸고 친구들 밥은 적게 퍼주었다.

어느 날, 길을 가다가 배나무를 봤는데 열매가 벌레 먹어 썩어가고 있었다.

첫째 친구는 썩은 것은 자신이 먹고 괜찮은 것을 둘에게 주며 말했다. "이것밖에 없네."

둘째 친구는 적당히 괜찮은 것을 찾아 똑같이 나눠주며 말했다. "이것밖에 없네."

셋째 친구는 괜찮은 것을 몰래 먹어버리고 썩은 것을 둘에게 주며 말했다. "이것밖에 없네."

공부를 마치고 산을 내려갔다. 세 친구는 10년 후에 다시 만나기로 약속하고 각자 자기 길을 갔다.

10년이 지났다. 둘째 친구는 과거에 급제해 자기 소망대로 감사가 되어 만나기로 약속한 곳에 도착했다. 잠시 후, 첫째 친구가 나타났는데 신선이 되어 있었다.

"자네들과 한 약속이 아니라면 절대 속세에 오지 않았을 것이네."

한참을 기다려도 셋째 친구는 오지 않았다. 신선 친구가 부적을 써서 하늘로 날려 보내자, 잠시 후 거대한 구렁이가 땅에 떨어졌다.

"바로 재라네. 지금 들판을 헤매고 있지."

딱한 마음에 감사 친구가 신선 친구에게 어떻게든 셋째 친구를 도와달라고 간청했다. 신선 친구가 부적을 써서 던지며 주문을 외웠다. 그러자 구렁이가 껍질을 벗고 옛날 그 친구 모습이 됐다.

셋째 친구가 겸연쩍은 표정으로 말했다.

"어이, 고맙네, 고마워. 신선 친구를 둬서 정말이지 좋구먼. 하하하."

셋은 오랜만에 만난 회포를 풀며 음식을 나눠 먹었다.

신선 친구가 셋째 친구에게 말했다.

"저쪽 산 깊은 곳으로 가면 복숭아가 있을 걸세. 아주 귀한 것이니 더도 말고 덜도 말고 꼭 세 개만 따 오게나. 우리 예전처럼 나눠 먹세."

그 말대로 가보니 탐스러운 천도복숭아가 주렁주렁 열려 있었다. 신선들이 먹는 천상의 복숭아를 본 셋째 친구는 욕심이 났다. 세 개만 따라는 말을 무시하고 여러 개를 따서 먹고 또 일부는 몸에 숨겼다. 그리고 다시 세 개를 따서 가져왔다.

신선 친구가 물었다.

"자네 정말 세 개만 가져온 게 맞지?"

셋째 친구는 그렇다고 호언장담을 했다. 그러자 신선 친구가 길게 탄식했다.

"하, 이러니 허물을 벗을 수가 없지…. 세 개만 따 왔다면 허물을 벗고 사람으로 살 수 있었을 건데."

친구는 다시 구렁이가 되고 말았다. 구렁이 친구는 큰 울음소리를 내며 들판으로 사라졌다.

욕망이 삐끗하면
욕심이 된다

〈신선, 감사, 구렁이 친구〉 이야기는 욕심부리지 말고 착하게 살라는 단순한 이야기가 아니다. 욕심에 대한 이야기가 아니라 욕망과 경쟁에 대한 이야기다.

욕심과 욕망은 비슷해 보여도 다르다. 욕심은 나쁜 것이고 욕망은 좋은 것이다. 욕심을 욕망으로 포장하는 재주가 능수능란한 사람들을 많이 보는 시대라 혼란스러울지 모르지만, 욕심은 불필요한 것이고 욕망은 필수적인 것이다.

욕망은 있어야 한다. 엄청난 철학자들의 말을 인용할 것도 없고 '식욕', '성욕', '수면욕' 같은 정제된 말을 끌어올 것도 없다. 욕망이 없으면 사람은 못 산다. 밥도 먹고 잠도 자고 화장실도 가야 산다. 아이가 태어나면 "먹고, 자고, 싸고만 잘하면 돼"라고 어른들이 말씀하시던 것이 바로 그것이다.

세 친구 모두 자기 욕망이 있었다. 구렁이 친구만 욕망이 있었던 것이 아니라 신선 친구도 감사 친구도 있었다. 속세를 떠나고 싶다는 것이나 벼슬하고 싶다는 것도 욕망이다. 욕망은 인간이라면 누구나 가지고 있다.

욕망은 나쁜 것이 아니다. 나쁜 것은 욕심이다.

욕심과 욕망은 다르지만 본질이 비슷하다. 그래서 삐끗하면 욕심이 되고 철이 들면 욕망이 된다.

세 친구 모두 욕망을 추구했다. 둘은 바람대로 됐는데 한 명은 그러지 못했다. 셋째 친구가 구렁이가 되겠다고 한 적은 없으니 말이다. 그는 욕망이 넘쳐 욕심이 됐기에 어긋난 것이다.

세상을 벗어나겠다는 '탈속 욕망(신선 친구)'이나 높은 벼슬을 하고 싶다는 '벼슬 욕망(감사 친구)'이나 부자가 되고 싶다는 '부자 욕망(구렁이 친구)' 중에 무엇이 더 좋고 나쁘고는 없다. 다 동일하다. 같은 욕망이다. 사람들은 더 고상한 것을 추구해야 한다고 하지만, 고상하다는 것도 그냥 사람들이 정해놓은 것일 뿐이다.

생각해보라. 인간은 세상에 사는 것이 마땅한데 자신만 쏙 빠져나가겠다는 탈속 욕망이 고상한 것인가? 학교나 직장에서 함께 그룹을 이뤄 과제를 수행하는데, 자신은 이런 속된 고민에 머리 썩이고 싶지 않다고 쏙 빠져나가는 것과 뭐가 다른가. 벼슬을 하고 싶다는 것도 그렇다. 결국 자신이 남들보다 높이 올라가겠다는 것이 아닌가. 부자가 되어 떵떵거리고 살고 싶다는 것과 마찬가지 생각이고 바람이다.

욕망에는 좋고 나쁘고가 없다. 선악의 차이는 욕망의 유무가 아니라 욕망을 추구하는 방법에 있다. 방법에 따라 선악이 드러난다.

탈속 욕망을 지닌 친구는 밥을 풀 때나 과일을 나눠줄 때, 자신의 욕망대로 행동했다. 세상을 떠나고 싶어 하는 자가 남들보다 더 배부르고 싶고 남들보다 더 맛난 것을 먹겠다는 것은 이상하지 않은가 말이다. 벼슬 욕망을 지닌 친구도 밥을 푸고 과일을 나눠줄 때, 꼭 자기 욕망대로 행동했다. 최대한 공평하게 하려고 노력했다.

부자 욕망을 지닌 친구도 밥을 푸고 과일을 나눠주었는데, 그는 자기 욕망대로 행동하지 않았다. 그래서 욕심으로 변질됐다.

응?

그렇다. 첫째와 둘째 친구는 욕망대로 행동했지만, 셋째 친구는 욕망대로 행동하지 않았다. 그것이 모든 것을 갈랐다.

우리는 종종 욕망대로 살아서 욕심이 된다고 착각한다. 아니다. 욕망에 충실하지 못했기에 욕심이 된다.

우리는 또 욕망이 커져 욕심이 된다고 생각한다. 역시 아니다. 욕망에는 선악도, 크고 작음도 없다.

욕망은 다 동일하다. 자기 생겨먹은 대로 자신에 맞게 욕망할 뿐이다. 그것을 크다거나 작다거나 판단하는 것은 이상한 사람들의 줄 세우기 좋아하는 시선이다.

바이올리니스트가 되겠다는 욕망과 첼리스트가 되겠다는 욕망은 같은 거다. 지휘자가 되고 싶다는 욕망도 마찬가지다. 그런데 지휘자가 최고이니 그것이 되라거나 바이올리니스트가 첼리스트보다 돈보이니 그것이 낫다는, 좀스럽고 어긋난 생각들이 바른 욕망을 추구하지 못하게 한다. 벗어나 폭주하게 한다.

이런 한심한 사고에 찌든 사람들은 신선 친구가 감사 친구보다 훨씬 더 훌륭하다고 생각한다. 할 수만 있다면 신선이 되라고 부추긴다. 정말 못 말린다.

〈신선, 감사, 구렁이 친구〉 이야기에 담긴 깊은 의미는 욕망에는 선악도 크고 작음도 없으니, 자기 욕망대로 살아야 한다는 것이다.

벼슬하고 싶었던 친구는 욕망에서 미끄러져 권력욕에 사로잡히지 않았다. 벼슬 욕망대로 욕망을 추구했고 결국 감사가 됐다. 당연히 공정하고 좋은 정치가가 됐다.

부자가 되고 싶었던 친구는 욕망이 미끄러져 재물욕에 사로잡혔다. 부자 욕망대로 욕망을 추구하지 못해서 부자가 되지 못했다. 대신 욕심이 뭉뚱그려진 징그러운 구렁이가 됐다.

벼슬 욕망의 본질이 무엇인가? 왜 벼슬을 하려고 하는가? 높이 올라 떵떵거리고 잘난 척하려는 것인가? 한세상 제 편한 대로 멋대로 살고 싶어 그 자리에 올라가고 싶은 것인가? 그렇다면 그도 구렁이가 됐을 것이다. 욕망이 욕심으로 변질됐으니까.

부자 욕망의 본질은 무엇인가? 잘 먹고 잘 살려는 것은 나쁜 것도 아니고 죄도 아니다. 부자가 되어 배부르고 등 따뜻하게 살려는 것은 훌륭한 욕망이다. 그런데 부자가 되기 위해 남의 것을 뺏고 거짓을 남발한다면 그건 욕망이 아니다. 욕망이 미끄러져 욕심이 된 것이다.

벼슬을 하고 부자가 되겠다는 욕망이 권력욕과 재물욕으로 변질되는 것은 그야말로 종이 한 장 차이다. 비슷해 보이지만 전혀 다르다.

누군가는 벼슬을 해야 하고 누군가는 부자가 되어야 한다. 누군가는 벼슬해서 나라를 다스려야 하고 누군가는 부자가 되어 주변에 베풀어야 한다. 그것이 벼슬하는 이유고 부자 되는 이유다. 그것이 욕망의 시작과 끝이고, 욕망의 존재론적 이유와 가치다.

흐린 눈에는 탐욕의 구렁이가 훌륭한 자선가로 보일 수도 있고 이기적 정치꾼이 희대의 위인으로 보일 수도 있다. 하지만 맑은 눈으로 보면 안다. 정치가인지 권력자인지, 부자인지 탐욕가인지 대번에 알 수 있다.

남들 얘기할 것 없다. 자신부터 구렁이로 변하고 있진 않은지 따져봐야 한다. 그리고 욕망이 욕심으로 변질되지 않도록 해야 한다. 경각심을 가지고 노력해야 한다.

탈속 욕망이나 벼슬 욕망이 고상해서 욕심으로 변질되지 않은 것이 아니다. 노력했기 때문이다. 자기 욕망이 욕심으로 치닫지 않도록, 삐끗하지 않도록 심혈을 기울였기에 변질되지 않은 것이다. 자기 배에서도 꼬르륵 소리가 나는 건 마찬가지였다. 자기 배라고 덜 고픈 것도 아니고, 썩은 과일이 더 맛날 리도 없다. 이들은 바보가 아니다. 안다. 알지만 이들은 그렇게 행동했다. 힘써 노력했다. 자기 욕망이 욕심으로 미끄러지지 않도록 노력하고 행동했다. 그래서 욕망을 성취했다.

욕망이 욕심으로
변질되는 까닭

부자 친구의 욕망이라고 저속할 리 없다. 다만 그는 쉽게 탐욕으로 미끄러져 버렸고 다시 인간이 될 기회가 주어졌지만 그것을 잡지 못했다. 욕망이 삐끗하면 욕심이 되지만, 욕심도 철이 들면 욕망이 될 수 있다. 그럴 기회가 주어졌건만, 놓쳤다. 구렁이 탈을 쓰나 인간 탈을 쓰나 그는 마찬가지였다.

욕망이 욕심으로 변질되는 이유는 무지하기 때문이다. 구렁이 친구는 자기만 배부르면 된다고 생각하는 바보였다. 무지해서 방법을 모르니 제 맘이 좋은 대로 흘러가게 내버려 두었다. 그렇게 욕심이 됐다.

얼마나 어리석은지, 신선 친구가 복숭아를 몰래 따 먹는 걸 모를 거라고 생각했다. 친구는 신선인데, 그곳을 가르쳐준 것도 그 친구인데, 구렁이 탈을 벗게 해줄 정도로 신통력이 대단한데 같은 생각을 하지도 않은 것이다. 이 정도면 정말 답이 없다.

처음부터 구렁이 친구는 경쟁이 무엇인지 몰랐다. 남을 파괴하고 떨어뜨리면 자신이 1등이 된다고 생각했다. 경쟁을 전쟁으로 알고 있었다. 남의 것을 뺏어서는 부자가 될 수 없다는 상식을 몰랐다. 강탈해서 부자가 되겠다는 것은 도박으로 빌딩 세우겠다는 것만큼이나 허황되다는 것을 몰랐다.

외국의 이름 있는 부자들이 꼭 착해서 자선을 베푸는 건 아니다. 똑똑해서 그러는 거다. 세금 폭탄을 피하려는 의도도 있지만, 본질은 하부구조가 모두 망가지면 자신들이 부자가 될 수 없다는 것을 똑똑히 알기 때문이다.

자동차를 팔아야 하는데 자동차 탈 사람들이 다 죽으면 누구에게 팔 것인가? 음식을 팔고 옷을 팔아야 하는데 밥 먹고 옷 입을 사람들이 사라져버리면 어떻게 돈을 벌 수 있단 말인가.

독불장군(獨不將軍)은 혼자서 장군 노릇 할 수 없다는 말로, 부하들이 있어야 비로소 장군이 된단 소리다. 그나마 장군은 부하들이 다 죽어도 혼자 장군이라고 으스댈 수 있겠지만, 부자는 그렇지 않다. 자기 말고 주변이 죄다 사라져버리면 부자가 될 수 없다. 홀로 장군은 있어도, 홀로 부자는 절대 불가능하다. 돈은 결국 주변에서 버는 것이다. 주변 사람들이 있어야 돈도 버는 것이고 부자도 되는 것이다.

남을 해코지하고서 부자 되겠단 소리는 화염방사기로 싹 다 태워버리면서 '왜 꽃이 안 피지?' 하며 의아해하는 얼간이들이나 하는 말이다. 골목상권까지 싹 쓸어 담으면서 연일 경제가 나아지지 않는다고 푸념하는 정신병자들과 동기동창이다.

부자가 많으면 경제가 좋아진단다. 맞는 말이다. 그런데 종종 부자'만' 많아지면 경제가 좋아진다고 슬그머니 바꿔버린다. 무지해서 그렇다. 어리석고 헛똑똑이라 그렇다.

부자 한 명이 100만 원어치 사 먹는 것보다 중산층 1,000명이 10만 원어치 사 먹는 것이 훨씬 더 낫다. 계산해보시라. 100만 원 팔리느냐, 1억 원 팔리느냐의 단순 산수 문제다.

억만장자가 명품을 휘감아도 몸뚱이는 하나다. 호화주택을 수십 채 소유해도 잠은 한 집에서 잘 수밖에 없다. 혼자 말고 주변도 살아야 자신도 잘 먹고 잘 산다. 복지 얘기도 아니고 선행 얘기도 아니다. 단순 계산 문제다.

부자가 되어 호의호식하는 것은 좋다. 좋은 욕망이다. 하지만 주변을 다 죽여 태워버리면 안 된다. 멍청이다. 얼간이다. 아무리 말해도 못 알아듣는 멍텅구리 구렁이다. 변질된 더러운 욕심이다.

부자가 되고 싶다면 주변과 함께 손을 잡아야 한다. 협력해야
한다.

존중하는 경쟁이
선의의 경쟁이다

어리석고 무지해 경쟁의 방법을 모른다고 모두 탐욕 덩어리가 되
지는 않는다. 대개는 스스로 '먹어도 너무 먹는다'는 자각이 든다.
인간이라면 그렇다. 욕망이 욕심으로 변질되는 근본 이유는 인간
다움을 망각했기 때문이다.

세 친구는 신선, 감사, 구렁이가 됐는데 이 중 인간은 감사 친구
뿐이다. 한 명은 우리보다 위에 사는 신선이고, 한 명은 우리보다
아래 사는 짐승이다.

신선 친구가 멋져 보일 수는 있지만, 그는 신선이지 인간이 아
니다. 우리가 범접할 수 있는 경지가 아니다.

그런데 가끔 "나는 못 먹어도 너만은 먹어야 한다"라고 말하는
사람들이 있다. "이 한 몸 으스러져도 세상을 위해 산다"라고 침
튀기는 분들이 정말 있다.

혹시 세상에 재림한 예수? 아니면 도솔천에서 하생하신 미륵보살? 답답해서 서역에서 날아오신 부처님? 모두 아니다. 그분들은 아직 안 오셨고 앞으로도 한참은 오실 계획이 없어 보이니, 제 몸 불살라 남을 구제하겠다고 큰소리 떵떵 치는 자들은 다음 둘 중 하나다.

사기꾼. 아니면 광신도.

물론 둘 다 나쁘다.

인간은 신선 친구처럼 못 산다. 무엇보다 신선 친구는 이런 속세에 내려오시지 않는다. 그분은 인간이 아니시다. 우린 감사 친구처럼 살면 된다.

구렁이 친구는 말 그대로 구렁이지 인간이 아니다. 인간 탈을 썼어도 짐승이다. 그는 인간다움을 잃었기에 인간 모습을 할 수 없어 구렁이가 된 것이다. 구렁이 짓을 했으니까. 우리는 구렁이 친구처럼 되어서는 안 된다. 우린 인간이니 감사 친구처럼 살아야 한다.

인간이 아닌 신선 친구는 신선이 된 후 무엇을 하는지 모르겠다. 인간인 우리가 알 수 없고, 알아도 소용없다. 인간이 아닌 구렁이 친구는 구렁이가 되어 무엇을 하는지 역시 모르겠다. 다만 그렇게 배로 땅을 기어 다니며 울고 싶지는 않다. 나는 인간이니 인간처럼 살고 싶다.

인간이었고 인간으로 살아가는 감사 친구는 무엇을 하는지 알
수 있다. 그는 벼슬해서 백성들을 잘 다스리고 싶었고 그렇게 했
다. 그것이 벼슬을 하고 싶었던 욕망의 본질이니까. 전횡을 하거
나 권력부림을 하지 않았다. 그건 벼슬의 본질이 아니기도 하지만
인간다움을 벗어난 것이니까. 그건 욕망이 아닌 욕심이니까.

세 친구는 함께 모여 공부했다. 따로 하지 않고 함께 했다. 옆의
친구들을 보며 그들은 무슨 마음을 먹었을까? 그들은 친한 친구
들과 경쟁하는 것을 어떻게 받아들였을까?
우리는 이미 봤다. 밥을 푸는 것에서, 과일을 따서 주는 것에서
봤다. 세 친구 모두 자신의 방법으로 경쟁했다. 신선 친구는 사랑
으로 경쟁했고, 감사 친구는 존중으로 경쟁했지만, 구렁이 친구는
이기적으로 경쟁했다.
사랑의 경쟁은 행복하다. 그는 신선이 됐다.
존중의 경쟁은 선의를 지니고 있기에 발전과 성장을 가져온다.
그는 감사가 됐다.
이기적 경쟁은 불행해서 자신까지 망친다. 그는 구렁이가 됐다.

우리는 신선이 아니다. 구렁이도 될 수는 없다. 하지만 감사가
될 수 있고 되어야 한다. 주변과 함께 손을 잡고 경쟁하는 인간다

움을 지닌 훌륭한 사람이 되어야 한다.

인간은 경쟁한다. 경쟁하기에 협력하고, 협력하기 위해 경쟁한다. 우리는 모두 다른 상황에 놓여 있고 출발점이 같지 않다. 같을 수도 없고 같아지지도 않는다. 다르기에 인간이고, 그래서 발전해왔다. 다름을 인정하고 존중하는 경쟁을 했기에 발전해왔다.

존중의 경쟁은 공정하지도 공평하지도 않은 운동장에서 펼치는 선의의 경쟁이다. 해코지하고 배제하고 몰아내는 경쟁이 아니라, 손을 잡고 도와주고 힘을 모으는 경쟁이다. 그가 있어야 내가 있다는 사실을 결코 잊지 않는 인간다운 경쟁이다.

우리는 선의로 경쟁한다.
우리는 존중하며 경쟁한다.
우리가 인간이기 때문이다.

배은망덕하는
너는
누구냐?

12관

─페르소나와 초심 그리고 공감─

〈수박씨 먹던 때를 기억한 재상〉

福

우리가 배은망덕의 난제를 못 풀었던 이유는
은혜받은 자 입장에서만 봤기 때문이다.
거꾸로 은혜를 베푼 자 입장에서 보면 문제가 풀린다.

누가
은혜를 모르는가

'배은망덕(背恩忘德)하다'라는 말은 뼈아프다. 욕먹는 것보다 더 심하다. 뒤에 '짐승만도 못한 놈'이란 말이 붙어 다녀서도 그렇지만, 어디선가 도움을 받고 깜빡 잊어버렸나 하는 불안이 생겨나기 때문이다.

잘못은 빌면 된다. 진심으로 사죄하면 된다. 상대가 받아줄지 어쩔지는 그다음 문제다. 그런데 배은망덕은 아니다. 잘못을 저지르고도 자신이 모를 수도 있기 때문이다. 백만 원 빌린 건 기억해도 천 원 빌린 건 잊는다. 사소해서 빌린 사실조차 잊은 거다. 상대는 기억하는데 자신은 기억하지 못하는 일이 한둘이 아니다.

인간은 망각의 동물이란다. 사실 다 기억하면 못 산다. 잊을 것은 잊어야 한다. 그런데 이 망각이란 놈이 제멋대로다. 화장실이 급할 때 빌린 휴지는 천금과도 바꿀 수 없지만 볼일 보고 나오면 싹 잊어버린다. 휴지를 빌린 사실은 기억나도 그 천금의 무게는 잊힌다. 느껴지지 않기 때문이다.

상황이 바뀌니 마음도 바뀐다. 분분초초 시시각각. 인간이 본래 그렇다. 꼭 나쁜 놈이어서 그런 게 아니다.

그래서 '배은망덕'이란 말 앞에 서면 늘 머뭇거려진다.

〈수박씨 먹던 때를 기억한 재상〉이란 이야기가 있다.

유 씨 양반이 있었다. 과거 1차 시험인 진시과에 급제해 진사가 됐으나 2차 시험인 대과는 아직이라 벼슬이 없었다. 그런데 집안 이 가난해 끼니를 제대로 이어가기 어려웠다.

그러던 어느 해 흉년이 들었다. 추수 때가 아직도 먼 여름인데, 양식이 뚝 떨어졌다. 닷새 동안 아무것도 먹지 못했다.

유 진사는 굶주림 탓에 어지러워 똑바로 앉기도 힘겨웠다. 그래 서 사랑방에 그냥 드러누워 있는데, 주변이 너무 적막한 거였다. 모두 더위와 굶주림에 지쳐 쓰러진 듯 아무 소리도 나지 않았다. 귀를 기울여보니 안방 쪽도 그랬다. 아내의 기척이 전혀 나지 않 자 섬뜩한 생각이 들었다.

몸을 일으켜 안방으로 가려 했으나 어지럼증에 하늘이 노래지 며 핑핑 돌았다. 할 수 없이 엉금엉금 기어갔다.

안방 문을 밀다시피 들어가 보니, 아니 글쎄 아내가 무언가를 씹고 있는 것이 아닌가. 그가 들어오는 걸 보고는 몰래 숨기느라 부산하고, 심지어 얼굴이 붉어지며 부끄러운 기색을 지었다.

"당신 혼자만 대체 무얼 먹고 있다가 나를 보고 숨기는 거요?"

"먹을 수 있는 물건이 어디 있습니까. 혹시 그런 게 있다면 어찌 혼자만 먹겠습니까?"

유 진사는 섭섭함과 고얀 마음에 잠시 할 말을 잃었다. 배신감과 참담함, 서운함과 괴로움이 가슴속에 사무쳤다.

"방금 무얼 숨기지 않았소이까?"

거듭 추궁하자 결국 아내가 입을 열었다.

"아까 어지러워 넘어질 뻔했는데 수박씨가 벽에 말라붙어 있는 게 보이더라고요. 그걸 떼어내 깨물어보니 빈 껍질이었어요. 그래서 탄식하던 중이었는데 당신이 들어오시기에 저도 모르게 얼굴이 붉어졌답니다."

그러면서 씹던 빈 수박씨를 내보였다.

유 진사는 황망함에 어쩔 줄 몰라 하면서 길게 탄식했다.

조금 시간이 지났을까, 문밖에서 누군가가 부르는 소리가 났다.

"게, 아무도 안 계십니까!"

보통 여종이 달려 나가 맞이하는 것이 상례지만, 여종도 굶주림에 쓰러진 터라 대꾸가 있을 리 없었다. 그저 공허하게 부르는 소리만 계속 들려왔다.

결국 유 진사가 지친 몸을 이끌고 기다시피 해서 나가봤다. 보니 관청의 노비가 문 앞에 서 있었다. 그가 유 진사에게 절을 올리며 말했다.

"여기가 유 진사님 댁인가요?"

"그렇네만."

"진사님 성함이 아무 자 아무 자가 맞으신지요?"

"그렇네."

"진사님께서 아무 능(陵)의 참봉(參奉)에 수망(首望)으로 오르셔서 몽점(蒙點)을 받으셨습니다."

관청 노비라 그런지 쓰는 말이 격식이 있었다.

모든 관직은 왕이 임명한다. 인사관리를 하는 이조(吏曹)에서 해당 관직에 적합한 후보 세 명을 1순위부터 3순위까지 적어 올리면 왕이 셋 중에서 합당하다 싶은 사람의 이름 옆에 점을 찍어 결정한다. 그렇게 왕의 선택을 받는 것을 몽점을 받는다고 하는데, 특별한 경우가 아니면 수망, 즉 1순위 추천자를 임명했다. 이렇게 관직이 결정되면 해당 부서의 관청 노비가 찾아와 알렸다. 바로 지금이 그런 상황이었다.

관청 노비가 임명된 서류를 꺼내서 유 진사에게 보여주었다. 서류를 보니 정말 자기 이름이 적혀 있었다.

하지만 유 진사는 이해가 되지 않았다. 너무 굶주려 대낮에 도깨비놀음을 하는 것 같았다. 자신이 절대 임명될 리 없기 때문이었다.

왕을 비롯한 왕족들의 무덤인 능을 관리하는 참봉 벼슬은 종9품 말단직이지만, 어엿한 정규 관직이었다. 이조에서 관리를 추천하려면 적어도 그 후보군 명단에 이름이 있어야 했다. 그런데 자신은 대과에 급제한 사람이 아니니 후보군에 들어갈 리가 없었다. 그게 아니라면 자신을 추천해달라고 청탁이라도 했어야 하는데 그런 적도 없었다. 그러니 어느 누가 자신을 안다고 추천을 했겠는가.

　도무지 이해가 가지 않는 상황이어서 유 진사는 서류에 적힌 이름을 가리키며 말했다.

　"아마도 이 사람이 나와 동명이인일 걸세. 자네가 여길 잘못 찾아온 듯하네. 우리 집은 몹시 가난하고 세상과도 인연이 끊어진 터라 온 성안을 둘러봐도 내 이름을 아는 사람이 없을 걸세. 그러니 어떻게 이조에서 나를 추천했겠는가. 다른 데로 가보게나."

　그렇게 관노비를 돌려보내고 안방으로 돌아오자 아내가 물었다.

　"누가 찾아왔어요?"

　사연을 이야기하자, 아내가 놀라며 기뻐했다.

　"그렇다면 우리도 이제 살아날 수 있겠네요!"

　"백번 생각해봐도 그럴 이치가 없다오. 진사도 벼슬을 얻을 수는 있지만, 그러려면 다른 사람이 내 이름을 알려주어 명단에 올려야 하는데 나를 추천할 사람이 어디 있단 말이오."

생각해보니 그랬다. 서로 말을 주고받으며 반신반의하고 있는데, 밖에서 또 소리가 났다. 나가보니 조금 전의 관노비가 다시 온 거였다.

"소인이 이조에 가서 상세히 알아봤습니다. 진사님이 분명합니다. 선대의 직함과 진사가 되신 연도가 또렷이 증명되오니, 조금도 의심하실 게 없습니다."

그의 말을 따라 다시 서류를 살펴보니 정말 그랬다.

유 진사는 그제야 믿게 됐다.

"내가 비록 벼슬을 제수받긴 했지만, 밥을 먹지 못한 지가 여러 날이라 몸을 움직이기조차 어렵다네. 어떻게 대궐에 들어가서 사은숙배(謝恩肅拜)를 할 수 있겠나."

관노비도 눈이 있으니 모르지 않았다. 그는 시장에 가서 약간의 쌀과 반찬을 사고 땔감도 구해 왔다. 급한 대로 먼저 죽을 쑤어 마시게 하여 마른 속을 부드럽게 하게 했다. 그러는 동안 다시 쌀 한 말과 땔감을 실어 오고 반찬거리를 장만해 왔다.

유 진사는 연이어 죽을 마시니 비로소 눈에 무언가가 보이고 걸을 기운이 생겼다. 그래서 노비를 시켜 가까운 친지 집에서 관복을 빌려오게 했다.

그렇게 조금 힘을 차리고 의관을 정제하는 동안에 벼슬을 받았다는 소문이 주위에 퍼졌다. 축하하는 사람들이 하나둘 찾아오고, 인사를 전하는 종들이 줄을 이었다. 썰렁했던 지난날과는 너무나 달라졌다.

유 진사가 궁궐에 들어가 사은숙배를 한 후, 숙직을 마치고 나오니 즉시 돈과 쌀이 지급됐다. 그렇게 그해 여름 죽을 고비를 넘겼다.

얼마 지나 유 진사는 자신이 어떻게 벼슬을 하게 됐는지 궁금해 알아봤다.

추천관인 이조판서는 이 아무개였는데, 자신과 당파가 다를 뿐만 아니라 평소 안면도 전혀 없는 사람이었다. 그런데 이조판서와 절친한 유 진사의 동창 하나가 유 진사가 궁핍하여 거의 죽을 지경에 이르렀다는 소문을 듣고는 힘을 다해 주선한 거였다. 이조판서도 사연을 듣고는 딱하게 여겨 다른 사람들을 다 물리치고 유 진사를 수망에 올렸던 거다.

그로부터 몇 년이 흘렀다.

유 진사도 크게 출세하여 요직을 두루 거쳐 드디어 이조에 들어갔다. 때마침 동해안 간성 고을 사또 자리가 비었다. 간성은 풍요로운 고장이라 위로는 재상부터 아래로는 주변 친척들까지 청탁하는 자가 많아 결정이 쉽지 않았다.

며칠을 미루었는데 다음 날은 결정해야 하기에 심히 고민됐다.

집에 돌아와서도 고민은 이어졌다. 부인이 그의 안색을 보고 묻기에 연유를 말해주었다. 그러자 부인이 말했다.

"옛날에 대감께 참봉 벼슬을 주선하여주신 이조판서 집안은 지금 어떠합니까?"

"이조판서 어른은 이미 돌아가셨고 그 아들들은 관리들 명부에 올라 있소. 고을 사또가 되기에는 합당하나, 집들이 다 청빈하다오."

자격은 되지만 별 볼 일 없다는 말이었다. 부인이 말했다.

"대감께서 그 아들을 간성 원님으로 삼아주시지 않는다면 배은망덕이 될 겁니다. 다른 사람들의 청탁이 많아도 부디 주저하지 마시고 그 사람을 수망으로 올리셔요. 그래야만 옛 은혜에 대한 보답이 될 겁니다."

유 진사가 아내를 물끄러미 쳐다봤다. 조정 상황과 현실의 정치 논리를 전혀 모르는 아녀자의 말로 들렸다. 이 사또 자리 하나로 할 수 있는 정치적 역학이 한둘이 아닌데 말이다.

그러자 부인이 말했다.

"대감께서는 그 옛날 수박씨 씹던 때를 잊으셨습니까? 어찌 그날을 생각하지 않으십니까?"

유 진사가 비로소 크게 깨달았다. 잊었던 지난날이 주마등처럼 떠올랐다.

"내 그렇게 하리다."

그는 다음 날 궁궐에 들어가자마자, 예전 이조판서의 아들 아무개를 간성 고을 사또 자리에 수망으로 올렸고, 임금의 봉점을 받게 했다.

선베드에 누우니
사막의 물방울이 기억나질 않는구나

배은망덕하는 사람에는 세 부류가 있다.

첫째는 그냥 보통 사람들로, 기억을 떠올려도 그때 감정만큼 절실하게 느껴지지 않기 때문에 배은망덕한다.

두 번째는 조금 상스러운데, 늘 도움만 받았기에 그 도움이 당연하다고 생각해서 애초부터 은혜라고 생각하지 않는 사람들이다. 자신은 엄청난 존재이므로 '이 정도는 당연한 거 아냐?'라고 생각하는 작자들로, 자기가 어려울 때 주변에서 도와주는 것을 모두 다 굽실거리는 아랫것들의 '조공'이라고 멋대로 생각한다. 정신이 살짝 이상한 이런 자들은 드물지만 종종 있다.

셋째 유형은 원체 나빠서, 뭐든 죄다 흡입하듯 뺏으려고만 드는 족속들이다. 도움도 아니고 조공도 아니고 그냥 제 것이라고 생각해 몽땅 뺏는다. 되도록 안 만나는 것이 좋은 못된 부류다.

문제는 이상하거나 못된 족속 말고도 배은망덕을 한다는 점이다. 그냥 평범한 보통 사람들도 은혜를 잊는다.

유 진사도 그랬다. 부인이 없었다면 그는 배은망덕했을 거다. 그 괴로운 여름날 부인이 수박씨를 씹지 않았다면, 그 모습을 유 진사가 보지 못했다면, 그때 그 처참하고 괴로운 감정에 휩쓸려보지 않았다면, 그래서 재상이 된 지금 그 옛날 감정이 다시 떠오르지 않았다면, 유 진사는 분명 배은망덕했을 것이다.

굶어보지 않으면 굶주림의 고통을 모른다. 아무리 설명해도 모른다. 살 빼려고 단식하는 것과는 차원이 다르다. 진짜 굶주림은 기약이 없기에 무섭다. 지금 참으면 내일 먹을 수 있다는 희망이 없다. 절망이란 그런 것이다.

'찢어지게 가난하다'란 말에서 '찢어진다'는 비유가 아니다. 옷 같은 것이 낡아 해지고 찢어지는 것이 아니라 항문이 찢어진다는 소리다.

먹을 것이 없으면 평소엔 절대 먹지 않을 것도 먹는다. 나무뿌리나 소나무 속껍질, 줄기를 먹어 허기를 속인다. 소나무 줄기 버무린 것을 이름은 근사하게 '송기떡'이라고 하지만, 이걸 계속 먹으면 곤란해진다. 사람이 소도 아니고 염소도 아니니 질긴 섬유질이 소화될 리 없다. 결국 변비가 심해져서 항문이 찢어지게 된다. 그 비참함은 겪어본 사람만 안다.

그런데 겪어본 사람도 지나면 잊는다는 것이 함정이다. 지금 편안하고 한가로우면 옛일을 잊을 뿐만 아니라, 다시 떠올려도 잘못된 방식으로 과거를 재구성한다.

"내가 왕년에 얼마나 힘들었냐 하면 말이야…."

이런 '나 때는 말야' 타령은 참혹한 고통을 인식하기보다는, 그런 고통을 버티고 지나온 자신이 자랑스러울 때 하는 말이다. 한마디로 지금 자신이 대견하고 멋진 거다. 그런 괴로움을 죄다 이겨내고 이렇게 멋지게 됐으니 말이다. 군대 타령과 엇비슷한 소리다.

유 진사도 그랬다. 잊었다. 자신이 생사의 기로에서 왔다 갔다 했던 때를 기억하고는 있지만 고통은 잊어버렸다. 기억한다고는 하지만 현재 자신의 위치에서 기억하기에 그때의 무게와 깊이를 느끼지 못했다.

사막에서 물 한 모금을 마셨던 때의 그 깊은 고마움의 가치가 폭포수가 쏟아지는 안락한 곳에 누워 있을 때는 그저 싱그러운 과일 바구니 정도로 여겨진다.

"고맙지. 누가 안 고맙다나. 분명 도움을 받았지. 그건 틀림없는 사실이지. 보답은 할 거야."

과일 바구니에 생수 몇 병 보태 보내주면 되지 않겠느냐 하는
마음이다.

"최고급 명품 생수로 골라서 보내지 뭐."

분명 안 보내는 것보다, 완전히 잊는 것보다 낫기는 하다. 하지
만 이것이 과연 같은 무게일까? 저울에 달면 어떻게 될까?

인간은 참 간사한 존재다.

유 진사는 간성 고을 사또 정하는 일로 고민할 때 옛날을 떠올
리지 못했다. 부인이 옛날 은혜 입은 이조판서 집안 형편을 묻자,
그제야 떠올렸다.

하지만 선뜻 움직이지 않았다. 옛일은 생각났으나 느낌은 사라
져버렸기 때문이다. 시원한 폭포수 곁의 야자수 그늘 선베드에 누
워 있다 보니, 사막을 헤맬 때의 물 한 모금을 기억해냈더라도 느
껴지진 않는 것이다.

사실 그는 이미 배신자였다. 자신을 죽음에서 구해주었던 이조
판서 집안을 까맣게 잊고 지금껏 돌아보지 않은 것을 보라. 벌써
감사를 표해도 몇 번이고 했어야 하지 않는가 말이다.

죽음에서 살아났던 그 일도 잊은 마당에, 이후 이런저런 곳에서
받았을 사소한(?) 도움을 기억할 리 있겠는가. 뻔뻔한 배신자 같
으니라고.

변신의 귀재
페르소나와 초심

그래도 유 진사는 이상한 자도 못된 놈도 아닌 평범한 사람이었다. 부인이 수박씨 씹던 일을 간곡히 이야기하자, 비로소 온몸을 죄어오던 그 여름 굶주림의 공포를 다시 느꼈다. 기억해내고 떠올리고 비로소 잘못을 깨닫고 움직였다.

대체 유 진사는, 아니 우리는 왜 배은망덕할까? 초심(初心)을 잃기 때문이다.

답은 참 쉽다. 초심을 잃지 말라. 그런데 말만 쉽다. 상황의 동물인 인간이 때와 장소에 따라 각기 다르게 반응하는 것은 지극히 당연하고, 때론 꼭 그래야만 한다.

팀장이 팀장 노릇을 해야지 신입사원처럼 굴면 팀이 굴러갈 수 없다. 어린아이가 자라 서른이 되고 마흔이 되어서도 마냥 천진난만해선 곤란하다. 몸뚱이만 커다랗게 늘여놓은 걸 어디에 쓰겠는가. 청소도 하고 일도 하고 소도 키워야 하는데 말이다.

그러니 초심을 잃는 건 당연하다. 때론 다 잊고 앞으로 나가야 한다.

초등학교 시절 음악책에 실린 사진을 볼 때마다 아리송했다. '음악의 아버지 바흐'까지는 괜찮았는데 '음악의 어머니 헨델'은 좀 난감했다. 얼굴은 남자 같은데 곱슬곱슬 금발 머리가 치렁치렁한 것이 여자처럼 보였기 때문이다. 게다가 '어머니'라지 않는가 말이다.

'헨델이란 사람은 여자인가? 얼굴은 남자처럼 보이는데…?'

아버지니 어머니니 하는 말이 저들 좋은 대로 가져다 붙인 비유라는 것은 중학교 때 알았고, 치렁치렁 금발이 머리에 얹은 가발이란 것은 고등학교 때 알았다.

그 치렁치렁 가발을 페르소나(persona)라고 한다. 배우가 쓰는 가면이 페르소나인데, 페르소나를 쓰면 그 역할을 해야 한다. 그러자고 가면을 쓰는 거니까. 그러니까 바흐도 헨델도 그 역할을 해야 하는 엄숙한 곳에서는 그 역할에 맞는 가면을 썼던 거다. 음악책에 실린 사진은 그때 찍은 사진이고 말이다.

가면이란 말에 거부감이 있어서 그런지, 아니면 봉산탈춤의 탈과 구분하고 싶어서 그런지 '페르소나'란 말을 여기저기 쓴다. 어쩜 멋져 보이려고 그러는지도 모르겠다. 아무튼 익숙지 않은 외래어다 보니 본질을 오해하는 경우가 있다.

인간은 살면서 페르소나가 점점 불어난다. 자식 노릇만 하는 게 아니라 부모 노릇도 해야 하고 학생 노릇만 하는 게 아니라 선생 노릇도 해야 한다. 좋든 싫든 역할이 늘어난다. 그만큼 페르소나가 늘어나는 건 피할 수 없는 일인데, 중요한 건 때마다 적절한 페르소나를 써야 한다는 거다. 그런 자가 건강한 자다. 때와 장소에 따라 시시각각으로 페르소나를 바꿔 쓰는 자가 훌륭한 자다.

겉 다르고 속 다른 자가 되란 말이 아니다. 겉과 속 문제가 아니라 페르소나에 따라 겉과 속이 같아지게 생각하고 행동하란 말이다.

어려운 이야기가 아니다. 만약 아버지라면, 밖에서는 '판사'여도 집에서는 '아버지'여야 한다. 그걸 종종 잊으면 집안이 재판정이 된다. 어머니라면, 학교에서는 훌륭한 '교사'여도 집에서는 '어머니'여야 한다. 말도 안 듣고 어지르기만 하고 때 되면 밥 달라고 투정 부리는 아이들을 무한히 참고 인내하는 고달픈 엄마 노릇을 파업하면 집안은 난장판이 된다.

바흐도 헨델도 집에서는 그 치렁치렁 페르소나를 벗었을 텐데, 사람들은 그 당연한 걸 모른다. 항상 쓰고 있다고 생각하고, 항상 같은 걸 써야 한다고 착각한다. 참 곤란한 사람들이다.

늘 같은 가면을 쓰는 이유는 두 가지다. 그것이 좋고, 그것이 익숙하기 때문이다.

옷이 여러 개여도 더 애착 가는 옷이 있듯이 페르소나도 그렇다. 그리고 오랫동안 늘 입어온 옷이 편하듯이 페르소나도 그렇다.

문제는 그 옷이 그 장소에 맞지 않는다는 사실을 종종 잊는다는 거고, 더 문제는 자신이 대단하므로 아무 옷이나 걸치고 가도 그 장소가 자신에게 맞춰야 한다고 착각한다는 거다. 폭군이 따로 없다. 진짜 비극이 뭔지 아는가? 자신이 뭘 뒤집어쓰고 있는지 자신도 까맣게 잊는다는 거다.

판사 아버지가 집안을 재판정으로 만들면 편하다. 자신은 말이다. 교사 어머니가 집안을 학교로 만들면 맘이 놓인다. 아이들이 바르게 쑥쑥 자란다고 믿어지니 말이다.

하지만 집은 재판정이 아니고 학교도 아니다. 이런 집의 더 큰 문제는 따로 있다. 아버지가 늘 자식을 잠재적 범죄자나 거짓말쟁이로 볼 가능성이 무척 커진다는 거고, 어머니가 자식들을 완벽한 로봇처럼 작동하게 만들고 싶어 안달 나다 못해 제풀에 지쳐버릴 수 있다는 거다. 아이들은 본래 실수를 저지르고, 이상하고 뒤숭숭한 짓을 한다. 다 그렇게 해서 그 훌륭한 부모처럼 된 거지만, 엉뚱한 페르소나를 쓰고 계신 분들에게는 그리고 그 페르소나가 너무나도 편하고 좋아 몸과 얼굴에 들러붙어 떨어지지 않는 분들에게는 이런 말이 들릴 리 없다. 들려도 내키지 않는다. 알지만 알고 싶지 않다.

"애들이 나랑 말을 안 해."

"바닷가 펜션이라도 가자고 해도 다들 바쁘대."

이런 소리 그만하시고, 아빠 페르소나를 쓰시라. 제발 엄마 페르소나를 쓰시라. 좀 어색하고 불편해도 상당히 중요한 페르소나다. 아이들이 농담도 하고 툭툭 치기도 하며 당신들과 함께 걷는 신나는 동반자이자 도우미가 될 행복한 페르소나니까.

이러니 초심이 문제가 된다. 때와 상황에 맞게 페르소나를 뒤집어쓰는 인간이다 보니 그때가 기억나지 않고, 기억이 난다고 해도 그 옛날 그 감정이 떠올려지지 않는다. 나쁜 놈이어서가 아니다. 유 진사가 어디 나쁜 놈이던가. 동명이인이라며 관청에서 나온 노비를 그냥 돌려보내기까지 하지 않았던가 말이다.

그럼 배은망덕은 영원히 풀 수 없는 숙제인가?

그렇지 않다. 우리가 배은망덕의 난제를 못 풀었던 이유는 은혜받은 자 입장에서만 봤기 때문이다. 거꾸로 은혜를 베푼 자 입장에서 보면 문제가 풀린다.

수박씨를 먹던 때의 유 진사를 구해준 이조판서는 왜 도와주었을까? 당파도 다르고 안면도 없는 이조판서가 유 진사를 구해준 이유는 단순했다.

불쌍해서였다.

말을 전해 들으니 딱했다. 정말 굶어 죽을 수도 있겠구나 싶었다. 그래서 도와주었다. 뭐 대단한 일이라고 생각해서 그런 게 아니었다. 생색을 낼 일도 아니었다.

아무리 악한 자라도 어린아이가 우물가로 엉금엉금 기어가는 것을 보면 얼른 달려가 구한다. 우물에 빠지면 어떡하나 하는 마음이 들기 때문이다. 상황에 감정이 이입(empathy)하여 조마조마해지는 것이고, 아이의 부모 마음에 공감(sympathy)하여 다급해지는 것이다. 맹자는 이를 측은히 여기는 마음[惻隱之心]이라고 했고, 이것이 사람이 동물과 다른 이유라고 했다.

우물가로 기어가던 아이를 구한 사람은 주변에 무슨 소리를 할까? 자기 공이 대단하다고 떠들까? 그렇지 않다. 그냥 다행이라고 생각한다. 아이가 우물에 빠지지 않아서 다행이라고.

생색? 그런 자들이 바로 배은망덕하는 자들이다.

그 흉년의 뜨거운 여름, 이조판서는 그냥 도왔다. 불쌍해서였다. 유 진사의 처지에 공감했기에 딱한 마음이 들었다. 그 순간은 자신이 이조판서라는 것도, 당파가 다르다는 것도, 한 번도 본 적이 없는 자라는 것도 떠오르지 않았다. 심지어 유 진사라는 자가 선인인지 악인인지도 생각지 않았다. 그냥 도왔다. 공감했기 때문이다.

인간은 페르소나를 쓰고 산다. 하지만 인간은 동물이 아니다.

어떤 가면을 쓰고 있든지 그 속에는 따스한 마음이 움직이는, 똑같은 인간이다.

페르소나는 역할이고 노릇이다. 역할을 잘해야 하고 노릇에 충실해야 한다. 하지만 그 역할 그 노릇 하자고 세상에 태어난 것은 아니다.

인간이 인간인 것은 다른 역할 다른 노릇을 하는 사람들도 자신과 똑같다는 것을 알기 때문이다. 더 가졌든 덜 가졌든, 조금 위에 앉았든 조금 아래 서 있든 모두 같은 존재라는 것을 알기에 인간이다.

배은망덕은 가면이 얼굴에 달라붙어 자신이 재판장인 줄로만 알 때 생긴다. 자신이 태어날 때부터 교사인 것처럼 여길 때 벗겨지지 않는다. 페르소나에 잡아먹히는 거다.

역할과 노릇에 잡아먹혀 자신이 누구인지 완전히 잊으면 배은망덕하게 된다. 자신이, 우리가, 인간이, 공감하는 존재라는 것을 잊으면 은혜를 저버리게 된다. 인간이 아니게 된다.

너나 나나 똑같다는 마음. 그것이 공감이다. 거기엔 양반도 없고 상놈도 없다. 부자도 없고 가난한 자도 없다. 단지 사람만 있을 뿐이다.

그 어진 마음 덕분에 지금 우리가 이렇게 살 수 있게 됐다.

우리가 인간이 됐다.

공감하기에 사람인 것이다.

버릇이 곧 인생이 된다

13관

버릇에 먹히지 않는 법 ─

〈학동과 구렁이〉

福

버릇이 오래되면 성격이 되고,
성격이 굳어지면 천성이 된다.
천성은 당신의 인생을 결정한다.
구렁이일지 용일지는 모두 당신에게 달려 있다.

습관이 불러온
죽음의 위기

옛날에 한 학동이 있었다. 이웃 마을 서당으로 공부하러 다녔는데, 서당을 오가는 길가 바위 옆에 큰 굴이 있었다. 사람들은 커다란 구렁이가 사는 굴이라며 꺼렸다.

하지만 학동은 매번 그 앞을 지날 때마다 굴 앞에 서서 "구렁아!"라고 부르곤 했다.

그렇게 하루 이틀, 한 달 두 달이 지났다.

그날도 학동은 어김없이 굴 앞을 지나며 "구렁아!"라고 불렀다. 그러자 갑자기 커다란 구렁이가 굴 밖으로 머리를 내밀며 "왜?"라고 답했다. 몸뚱이가 어른 여럿이 팔로 감싸도 모자랄 정도로 굵은 데다 길이는 끝이 없어 굴 밖으로 다 나오지도 않았다. 학동은 놀라 기절하고 말았다.

한참이 지나 깨어났는데 꿈이 아니라 생시였다. 학동을 지켜보던 구렁이가 자기를 왜 불렀느냐고 물었다. 부른 이유가 없었던 학동은 아무 말도 못 했다. 그러자 구렁이가 잡아먹겠다고 달려들었다.

학동은 도저히 도망칠 수 없음을 알고 체념했다. 다만 며칠 후면 결혼하기로 한 것이 한스럽다고 말했다. 이 말에 구렁이가 며칠 말미를 주겠다고 했다. 혼인 이후에 순순히 찾아와서 먹히지 않으면 집안 사람을 다 잡아먹겠다고 을렀다.

학동은 집으로 돌아왔지만 사는 게 사는 게 아니었다. 혼인날이 가까워질수록 근심으로 얼굴이 타들어 갔다. 부모가 아무리 물어도 이유를 말하지 않았다.

혼인날이 됐다. 신방에 들어가서도 학동은 음식도 안 먹고 말도 안 했다. 수심이 가득해서 슬퍼하기만 하는 모습을 본 신부가 간곡히 물었다.

결국 학동이 구렁이 만난 사연을 들려주었다.

이야기를 들은 신부가 결심한 듯 말했다.

"사람이 한 번 죽지, 두 번 죽겠습니까."

다음 날이 됐다. 신부가 학동을 따라나섰다.

구렁이 굴 앞에 갔더니 구렁이가 나와 있었다. 신부가 구렁이 앞으로 썩 나서며 호통을 쳤다.

"이놈! 나를 대신 잡아먹어라."

구렁이는 매일 자신을 부른 것이 학동이니 그를 잡아먹어야 한다며 저리 비키라고 했다.

"네가 만약 내 낭군을 잡아먹으면, 나는 어찌 살란 말이냐? 나부터 잡아먹어라! 난 혼자 못 산다."

실랑이가 한참 이어졌다.

결국 구렁이가 신부에게 혼자서도 잘 살 수 있는 보물을 주겠다며 입에서 백옥으로 만든 삼각기둥을 토해냈다. 삼각기둥의 한쪽 면을 문지르면 금은보화가 나오고, 또 다른 면을 문지르면 온갖 곡식이 나온다고 했다.

"그럼 이쪽은?"

나머지 한쪽 면은 어떻게 쓰는지 물었다. 하지만 구렁이는 말을 피하며 가르쳐주지 않았다. 그러자 신부가 삼각기둥을 구렁이에게 던지며 말했다.

"됐다. 쓸모없는 건 너나 가져라."

그러고는 어서 자기를 잡아먹으라며 구렁이 입으로 달려들었다. 결국 구렁이는 세 번째 면을 문지르면 누구든 살리기도 하고 죽이기도 한다는 것을 알려주었다.

그러자 신부는 기둥을 문지르며 구렁이에게 말했다.

"세상에 너보다 더 미운 것이 없다. 썩 꺼져라!"

그 말이 떨어지지마자 구렁이는 벌러덩 넘어져 죽고 말았다. 신부는 삼각기둥을 가져다가 신랑과 함께 잘 살았다고 한다.

버릇이 나를
집어 삼킨다

〈학동과 구렁이〉 이야기는 무척이나 의미심장하다.

학동은 굴 앞을 지날 때마다 구렁이를 불렀다. 깊은 생각이 있었던 것도 아니고 진짜 구렁이를 만나고 싶었던 것도 아니다. '그냥', '아무 생각 없이' 늘 했다. 버릇이었다.

버릇, 습관은 그냥 아무 생각 없이 하는 것이다.

처음에는 자신이 뭘 하는지 안다. 자기가 자꾸 발을 떤다는 거나, 공연히 옆 사람을 툭툭 친다는 것을 안다. 하지만 일단 버릇이 되면 뭘 하는지 잊는다. 발을 떠는 것도 남이 말해주기 전까지는 모른다. 내가 언제 툭툭 쳤냐고 성을 내기도 한다.

이렇게 버릇이 들면 이유를 잊고 마니 주객이 뒤바뀐다. 분명 처음 버릇이 든 이유가 있다. 때론 목적이 있어 버릇이 들도록 노력하기도 한다. 매일 신문을 보거나 아침마다 운동을 하고, 매일 마시는 커피 종류를 까다롭게 따지기도 한다. 심지어 마시는 시간까지 정해놓는다. 나름의 이유가 있고 목적이 있어서다.

그런데 시간이 지나면 왜 그런 버릇을 들였는지 잊는다. 그러면 문제가 된다. 내가 습관을 들인 건지 버릇이 날 사육하는 건지 아리송해지면, 결국 버릇이 나를 잡아먹는다.

운동을 매일 하는 것은 좋으나 운동중독은 곤란하다. 청소하고 깔끔하게 지내는 것은 좋으나 결벽증은 자신을 갉아먹는다. 커피나 술도 삶을 즐겁게 하나 아차 하면 거꾸로 그것에 먹힌다. 커피없이는 아무 일도 못 하게 되는 것이나 술이 술을 먹듯 퍼마시는지경에 이르면 완전히 뒤집힌 것이다. 그쯤 되면 답이 안 나온다.

게임도 그렇고 등산도, 낚시도 그렇다. 즐거운 유흥과 레저가심술궂은 군주처럼 점차 다른 것들까지 파괴해버리고 내 삶과 시간을 지배해버리면 참 문제다. 나중엔 생각과 느낌까지 죄다 먹어치운다.

그렇게 버릇이 나를 삼켜버리는 것이다. 내 버릇이 나를 꿀꺽한다.

버릇이 구렁이다.

맨날 "구렁아!" 하며 불러내던 버릇이 구렁이를 불러냈다. 그러자 구렁이가 집어삼키려고 달려들었다.

구렁이는 한사코 신부는 먹으려 하지 않았다. 신부도 잡아먹고학동도 잡아먹으면 되련만 그러지 않았다. 그 버릇이 학동의 것이기 때문이다.

버릇이 장난이면 참 곤란하다.

구렁이가 처음부터 학동을 잡아먹을 생각은 아니었다. 학동이 기절했을 때 구렁이는 기다렸다. 깨어난 후 잡아먹으려고 그런 게 아니라 그토록 자신을 불러댔으니 뭔가 이유가 있을 터라고 생각해서였다. 하지만 별다른 이유가 있을 리 없다. 장난이었으니 말이다. 그래서 잡아먹으려 한 것이다.

학동은 장난이었다. 그냥 "구렁아!" 하고 불러본 거다. 남들 안 하기에 해본 거고, 그런 말 하면 못쓴다고 하는 어른들 말에 어깃장 한번 놔본 거다. '별것 아닌 걸 가지고 괜히 난리야'라는 마음에 작은 호승심(好勝心)도 생기고 해서 "구렁아!" 해본 거다.

한두 번 하고 그만두었으면 문제없었을 테지만 장난이 어디 그런가. 장난이 장난질이 되면 습성이 된다. 습성이 들면 안 할 수 없다. 찝찝한 느낌이 든다. 그렇게 일상으로 굳어져 버린다.

그러니 구렁이 물음에 숨이 막힐 수밖에 없다. 그냥, 아무 생각 없이, 장난으로 한 것이기에 당연히 답을 할 수 없다.

버릇은 무서운 것이기도 하다.

처음엔 별것 아니던 것이 나중엔 진짜 별것이 된다. 하나씩 둘씩 쌓인 것이 나중엔 걷잡을 수 없이 되어도 그 원인을 찾을 수 없어 무섭다. 아무리 떠올리려 해도 버릇의 원인이 떠오르지 않는 것은, 버릇과 자신이 완전히 하나가 됐기 때문이다.

버릇이 곧 자신이다. 그 버릇이 없는 자기 모습은 상상도 못 한다. 그 버릇을 빼면 자신은 자신이 아니다. 그러니 구렁이가 나쁜 것이 아니다. 구렁이는 학동을 집어삼킬 수밖에 없다. 둘은 똑같은 존재니까. 꿀꺽.

오늘도 하고 내일도 하고 계속하면 결국 그것이 '자기 자신'이 된다. 그렇게 버릇이 천성이 되고, 천성이 인생을 규정하고 삶을 결정한다.

이 세상에 소도둑으로 태어난 사람은 단 한 명도 없지만 세상엔 늘 소도둑이 있다. 바늘 도둑이 소도둑이 된 거다.

바늘 도둑도 태어나는 것이 아니다. 천성이 도둑인 사람은 없지만 버릇이 천성이 되게 한다. 처음엔 반짝이는 것이 신기했을 것이다. 한 번 만져보고 두 번 만져봤을 거고, 그 사소한 것이 사라져도 알아채는 사람이 없었다. 누가 뭐라고 하면 '그깟 것 물어주고 말지' 했을지도 모르겠다. 간혹 바늘이 없어진 걸 알아도 크게 탓하는 사람은 없었다. 사소한 것이니까. 그렇게 바늘을 훔쳤다.

처음엔 신기했지만 이젠 가져가는 데 더 흥미가 생겼다. 훔친 바늘을 쓰는 것도 아니고 그걸 팔아 생계를 유지하는 것도 아니지만, 훔치기를 그치지 않았다. 몰래 가져가는 두근거림이 훔치길 계속하게 했다. 그렇게 버릇이 들었다. 바늘 도둑이 천성이 됐다. 그리고 곧 소도둑이 됐다.

자신이 무엇이 되고 싶든 상관없다. 이상이 크든 뜻이 원대하든 상관없다. 버릇이 천성이 되고 천성이 인생을 결정한다. 버릇이 삶을 규정한다. 꿀꺽.

구렁이가 될 것이냐, 용이 될 것이냐

'세 살 버릇 여든까지 간다'라는 말은 여든 넘으면 바뀐다는 말이 아니라, 죽을 때까지 안 바뀐단 소리다.

옛날 사람은 수명이 짧았다. 61세에 환갑(還甲)잔치를 하고, 70까지 사는 것이 하도 드물어 고희(古稀)라고 불렀다. 80이 넘으면 양반, 평민, 천민 가리지 않고 왕이 지팡이를 하사하며 공대할 정도였다. 그러니 저 속담은 버릇이란 게 죽어도 안 바뀐다는 의미다. 참 낙심되는 말이다.

'제 버릇 개 못 준다'라는 말도 고무적이지 않다. 고약한 버릇인 줄 알아도 절대 못 버린단 소리다. 이 역시 입맛이 쓰다.

방법이 아주 없는 것은 아니다. 〈학동과 구렁이〉에 버릇 고치는 방법이 잘 나와 있다.

우선 주변에 도움을 청해라. 부끄럽고 창피해도 도와달라고 말해라.

학동이 살아난 건 신부 덕이다. 그녀가 목숨을 걸고 구렁이에게 달려들었기 때문이다. 학동의 지긋지긋한 습관을 떼어버린 것이 바로 신부다. 그녀에게 말하고 그녀를 따르지 않았다면 구렁이를 떨치지 못했을 것이다.

버릇에 중독되어 있다면, 주변 사람들의 목숨 건 노력에 순순히 따르시라. 술, 마약, 게임, 도박 같은 것만 그런 게 아니다. 권력에, 돈에 노예가 된 이들도 제발 그러시라. 혼자서는 결코 구렁이 입에서 빠져나오지 못한다는 걸 당신도 알지 않는가.

"알아. 하지만 이것만 하고 그만둘게."
"내가 이것 아니면 할 게 뭐가 있다고 난리야. 취미라고."

버릇이 고질병이 된 중독자들은 핑계쟁이다. 버릇과 한 몸으로 결합한 샴쌍둥이니 다른 한쪽을 떼어버리란 말은 죽으란 말로 들린다. 그러니 핑계도 많고 변명도 끊이지 않는다.

하지만 도움의 손길을 외면하면, 버릇은 정말 개한테 주지도 못한다. 여든까지 간다. 죽을 때까지 구렁이가 놓아주지 않는다.

버릇 고치는 두 번째 방법은 이유를 찾아 절대 잊지 않는 것이다.

사람들은 좋은 버릇과 나쁜 버릇이 있다고 생각한다. 하지만 버릇 자체는 좋지도 나쁘지도 않다. 책을 읽는 버릇은 좋은 것이고 컴퓨터 게임을 하는 버릇은 나쁜 것인가? 그렇게 생각하고 싶겠지만 아니다. 독서든 게임이든, 그 자체로는 좋지도 나쁘지도 않다. 독서와 게임을 한 결과에 따라 좋고 나쁜 것이 결정되는 것도 아니다. 독서로 지식을 쌓은 훌륭한 사람도 있지만 괴팍한 사람도 없지 않다. 게임을 하느라 삶이 피폐해지는 사람도 있지만 멋진 프로게이머도 있다.

좋은 버릇, 나쁜 버릇은 그 버릇에 이유가 있느냐 없느냐에 달려 있다. 버릇에 먹히지 않는 방법은 그 이유를 잊지 않고 기억하는 것이다. 초심을 기억하는 것이다.

책을 읽는 이유가 무엇인지, 게임을 하는 이유가 무엇인지 알아야 하고 잊지 말아야 한다. '그냥', '아무 생각 없이' 늘 하면, 책이든 게임이든 구렁이가 된다.

학동의 문제는 구렁이를 불러낸 이유를 잊고 행동만 반복했다는 것이다. 처음엔 진짜로 한번 보고 싶어서 불렀을지도 모른다. 어쩌면 대화를 해보고 싶었을 수도 있다. 단순한 호기심에 그랬어도 나쁘지는 않다. 뭔가 이유가 있으니까.

하지만 그 이유를 잊었다. 그래서 정말 그 일이 벌어지자 기절하고 만 것이다.

구렁이를 불러 함께 놀 생각이었다면 기절하지 않았을 거다. 게임 하는 것만 보면 큰일 날 것처럼 여기는 어른들이야 구렁이와 노는 학동을 보면 기겁하겠지만, 구렁이와 노는 게 무슨 잘못이겠는가. 이유가 분명하다면 괜찮다. 구렁이에게 잡아먹히지는 않는다. 아마 학동은 구렁이를 길들여 멋진 애완동물로 삼을 수도 있었다.

하지만 학동은 잊었다. 초심을 잃고도 장난스레 '그냥' 불렀다. 그것이 나쁜 것이다. 나쁜 습관이 된 것이다.

세 번째 방법은 나쁜 버릇을 없애려 하지 말고 좋은 버릇을 들이려 하는 것이다.

학동은 서당 가는 길에 한눈을 팔았다. 엉뚱하게도 구렁이를 불렀다. 그게 문제였다. 서당 가는 길이면 공부 생각을 하면 된다. 아니 해야만 한다. 학동은 구렁이를 부르든 춤을 추든 무엇이든 해도 되지만, 그건 다른 시간에 할 일이다. 구렁이를 부를 시간에는 구렁이를 부르고, 춤을 출 시간에는 춤을 추면 된다. 서당 가는 길에는 공부 생각을 해야 한다.

국어 시간에 수학 문제 풀고, 수학 시간에 영어 단어 외우는 학생이 좋은 성적을 낼 리 없다. 엉뚱한 짓을 하기 때문이다. 국어 시간에 만화책 보는 거나 수학 문제 푸는 거나 똑같이 한눈파는 짓이다. 수학 문제를 푸니 공부하는 거라고 착각하면 구렁이가 코앞에서 날름거리고 있는데도 모르는 둔탱이다. 잡아먹힌 다음에야 깨달을 게다.

지금 배우는 것이 이미 알고 있는 거라 심심해서 그런다고 할지 모르지만 천하의 얼간이가 따로 없다. 국어 시간엔 국어책 보고 수학 시간에 수학책 보면 된다. 그게 싫으면 아예 다른 일을 하면 된다.

서당에 가고 싶지 않으면 그만두면 된다. 하지만 서당에 가는 길에 버릇처럼 한눈을 팔면 안 된다. 나쁜 습관이 자리를 꽉 잡고 있으면 좋은 습관이 들어갈 자리가 없다.

학생이 아르바이트를 할 수는 있지만 자신이 학생인지 알바생인지 정해야 한다. 시간을 어디에 더 많이 들이느냐, 어느 것이 더 가치가 있느냐의 문제가 아니다. 학생이 더 좋고 알바가 더 나쁘다는 문제는 더더욱 아니다. 거듭 말하지만 좋고 나쁘고는 외적인 것으로 결정되는 것이 아니다. 지금 당신 스스로 무엇이라고 생각하고 정하느냐에 따라 결정된다.

학생이라면서 공부보다 알바에 목숨 건다면, 당신은 한눈을 한참 팔고 있는 거다. 설령 알바 시간이 책을 펴는 시간보다 더 길더라도 자신을 학생이라 규정하고 거기에 전념한다면, 당신은 지금 앞을 똑바로 보고 있는 것이다.

절대로 이것이 싫다고 저것을 해선 안 된다. 서당 가기 싫다고 구렁이 굴 앞에서 그렇게 스트레스를 푼 거라면 너무 서글프다. 서당을 구렁이 부르는 맛에 가는 거라면 너무 비참하다. 공부가 싫어 춤을 추는 것이 아니라, 춤을 추고 싶어 공부를 포기하는 것이다. 그것이 옳다. 그것이 좋은 습관이다.

공부나 춤이 좋거나 나쁜 것이 아니다. 공부가 버릇이 되고 춤이 버릇이 되는 것도 좋고 나쁨의 문제가 아니다. 그 버릇을 들인 이유가 무엇인지 본인이 똑똑히 알고, 그 초심을 잃지 않고, 끝까지 한눈팔지도 기웃거리지도 않고 앞으로 나가는 것이 좋은 버릇이다.

좋은 버릇이 가득한 곳엔 나쁜 버릇이 끼어들 틈이 없다. 구렁이가 꾀더라도 글을 중얼거리며 걸어가는 학동의 귀에는 들리지 않는다. 좋은 버릇을 들이시라. 나쁜 버릇이 물러갈 것이다.

버릇은 구렁이다. 나쁜 버릇은 당신을 잡아먹는다. 하지만 좋은 버릇은 용이 되게 한다. 멋지게 승천하는 용이 되게 한다.

버릇이 오래되면 성격이 되고, 성격이 굳어지면 천성이 된다. 천성은 당신의 인생을 결정한다. 구렁이일지 용일지는 모두 당신에게 달려 있다.

쓸모없는 것의
쓸모

한 줄
자전거 타기

쓸모없으면 버린다.

찬란하던 것도 빛이 바래지면 버린다. 한때 대단하던 것도 시간이 지나면 시큰둥해진다. 역시 버린다. 쓸모가 없는 거다.

꼭 나빠서는 아니다. 새로운 것에 혹해서만도 아니다. 쓸 때와 장소가 따로 있기 때문이다. 영화 〈토이 스토리〉처럼 어린 시절 장난감은 버려진다. 장난감 대신 친구가, 애인이 그 자리를 대신한다. 또 그래야만 한다.

옛것이 좋은 것이라며 온고지신(溫故知新)이라고 하지만, 철모르는 소리 같다. 신기하고 새롭고 반짝이는 지식이 초 단위로 업

로딩되는 시대에 정말 세상모르는 소리 같다.

정말 그럴지 모른다.

돌도끼를 들고 토끼를 쫓던 옛날에는 "저기 가면 괴물이 있어"가 가치 있었지만 지금은 썰렁한 아재개그만도 못할지 모른다.

화롯가에 모여 도란도란 듣던 옛이야기가 그때는 쓸모 있었지만 지금은 버려져야 할 것인지도 모른다. 정말 그럴지 모른다.

옛날 중국에 장자(莊子)라는 사람이 살았다. 요즘 시대를 내다봤는지 '쓸모없는 것의 쓸모[無用之用]'라는 장난 같은 말을 했다.

쓸모없는 것이 있어야 쓸모 있는 것이 유용하다는 것을 안다며 쓸모없는 것의 쓸모를 말했지만, 언뜻 알아듣기 쉽지 않다.

예를 들면 이렇다.

넓은 들판에서 자전거를 타고 달리면 시원하고 쾌적하다. 빨리 달려도 괜찮다. 똑바로 달리면 자전거 궤적이 일직선이 될 정도로 똑바른 한 줄이 된다. 자전거는 바퀴에 눌리는 그 땅만 있으면 아무 문제 없이 쌩쌩 달릴 수 있다. 자전거가 달릴 때는 들판의 넓은 땅 중에서 일직선 궤적이 그려진 그 땅만 필요하다.

그럼 그 한 줄 땅만 쓸모 있는 걸까?

아니다. 그렇지 않다. 자전거가 밟고 갈 한 줄 땅 말고 옆에 있는 다른 땅들도 필요하다. 그 땅을 자전거가 밟을 것은 아니지만, 꼭 필요하다. 그 땅들도 쓸모가 있다.

넓은 들판이 아니라 일직선으로 길게 난 좁은 길이라면 자전거를 잘 탈 수 있을까? 자전거가 밟을 일직선 땅을 빼고 전부가 깎아지른 낭떠러지라면 쌩쌩 신나게 달릴 수 있을까? 시원하고 쾌적한 마음으로?

결국 자전거는 밟을 땅만 밟고 지나가지만, 옆에 있는 절대로 밟지 않을 땅이 없으면 못 간다. 쓸모없는 것이 아니다. 쓸모없는 것이지만 쓸모 있는 것을 쓸모 있게 하는 쓸모가 있다.

세상에 쓸모없는 것은 단 하나도 없다.

'굽은 나무 선산(先山) 지킨다'라는 말은 못난 것도 쓸모가 있다는 속담이다. 과일이나 생선을 살 때 빛깔 좋고 예쁜 것을 고르듯, 나무를 할 때도 크고 곧고 쭉 뻗은 쓸 만한 것을 고른다. 휘어지고 작고 못난 나무는 거들떠보지도 않는다. 쓸모가 없기 때문이다. 기둥으로 쓰려니 가늘고, 받침대로 쓰려니 휘어졌고, 탁자를 만들려니 너무 작아 소용없는 것이다.

그런데 지나고 보니 아니었다. 다른 나무들이 다 베어져 떠나는 동안에 그 못난 나무들은 남아서 산을 지킨 거였다. 조상을 모신 선산에 쉴 그늘을 만들고, 풀과 꽃이 자라게 하고, 새와 짐승들이 깃들게 했던 거다.

쓸모없는 줄 알았는데 쓸모가 있었던 것이다.

헛걸음도
참 걸음이다

친구들을 골라 사귀라는 부모님의 말씀은, 이해는 되지만 안타깝다. 자기 생일날 문 앞에 서서 선물의 가격을 보고 들여보냈다는 자랑을 하는 아이는 불쌍하다. 못난 것도 버리고 지난 것도 버리고 내 기분에 안 맞는 것도 버리는 요즘 시대는 안쓰럽다.

세상 모든 것을 가질 수도 없지만, 세상 어떤 것도 버려질 것은 없다. 다 쓸모가 있다. 그중에 무엇이 나에게 쓸모가 있을지는 나도 모른다. 내 시간과 내 공간과 내 마음에 따라 적절한 쓸모가 생기니 말이다.

어느 구름에 비 들었는지 모른다. 고마운 단비를 내려주는 구름이 이것인지 저것인지 나는 모른다. 다만 이 구름에도 저 구름에도 감사할 뿐이다. 단비를 내려줘서 고맙고, 내려주지 않아도 고맙다.

자전거를 타다 넘어져도 된다. 옆에 있는 땅이 당신을 받쳐주니까. 조금 아파도 다시 일어서면 된다. 무릎이 까져도 조금 지나면

낫는다. 당신은 자전거를 신나게 타고 싶은 거니까 그런 것은 걱
정하지 말고 쌩쌩 타기만 하시라.

당신을 위해 넓은 들판이 도와주고 있으니까.

시원하고 쾌적하게 자전거를 타시라.

무엇을 하든 공연한 헛걸음이란 생각은 하지 마시라.

헛걸음은 없다.

쓸모없는 것은 없다.

헛걸음도 참 걸음이다.

모두모두 복된 걸음이다.

| 참고문헌 |

《한국구비문학대계(韓國口碑文學大系)》

〈조선왕조실록〉DB

〈두산백과〉DB

〈한민족문화대백과〉DB

〈국립국어원 표준대사전〉DB

김부식,《삼국사기(三國史記)》, 이강래 옮김, 한길사, 1998.

맹자,《맹자집주(孟子集註)》, 성백효 옮김, 전통문화연구회, 2010.

성현,《용재총화(慵齋叢話)》, 김남이 옮김, 휴머니스트, 2020.

이재운,《해동화식전(海東貨殖傳)》, 안대회 옮김, 휴머니스트, 2019.

일연,《삼국유사(三國遺事)》, 고전연구실 옮김, 신서원, 2004.

임형택·이우성,《이조한문단편집》상·중·하, 창비, 2018.

작자미상,《청구야담(靑邱野談)》상·하, 이강옥 옮김, 문학동네, 2019.

장자,《장자(莊子)》, 안동림 옮김, 현암사, 2010.